3年B組 金八先生

砕け散る秘密

小山内美江子

高文研

◆本書に登場する3年B組生徒（上段：配役名）

下田　江里子
（須堯　麻衣）

木村　美紀
（森田　このみ）

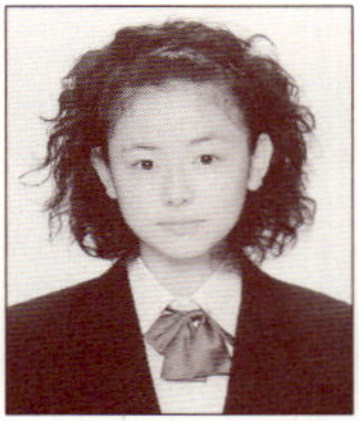

笠井　美由紀
（高松　いく）

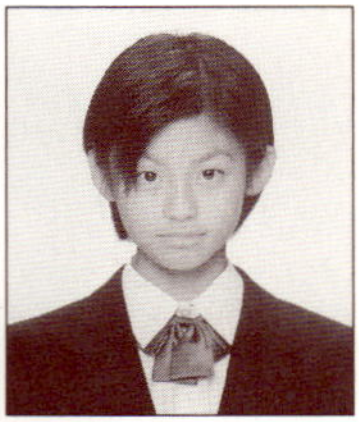

青沼　美保
（本仮屋　ユイカ）

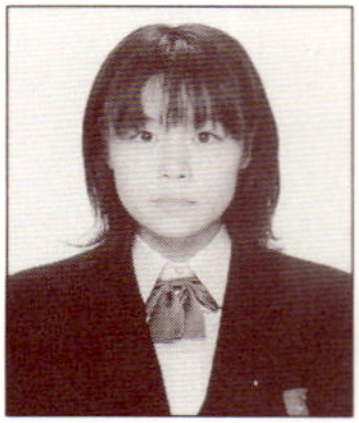

榛葉　里佳
（住吉　玲奈）

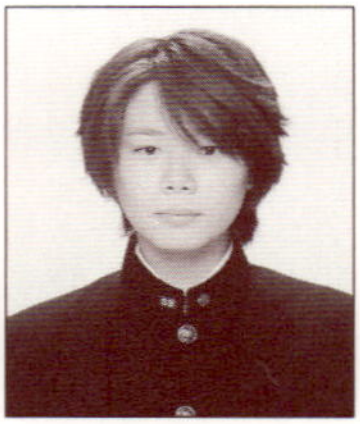

小堀　健介
（佐藤　貴広）

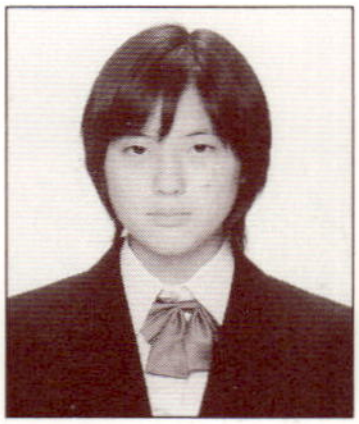

風見　陽子
（中分　舞）

赤嶺　繭子
（佐藤　めぐみ）

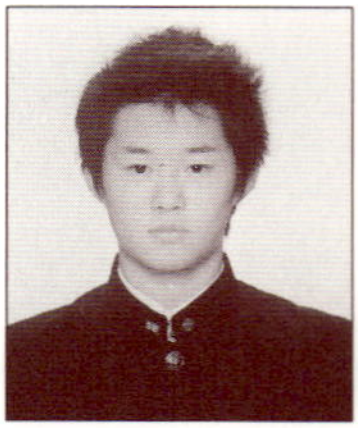

菅　俊大
（途中　慎吾）

近藤　悦史
（杉田　光）

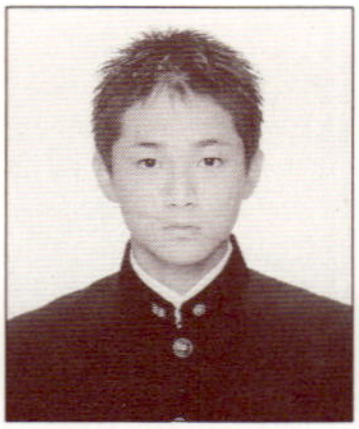

嘉代　正臣
（佐々木　和徳）

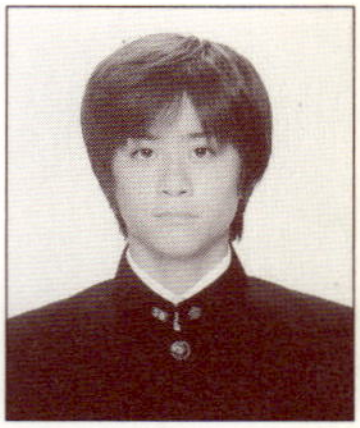

今井　儀
（斉藤　祥太）

鶴本　直
（上戸　彩）

笹岡　あかね
（平　愛梨）

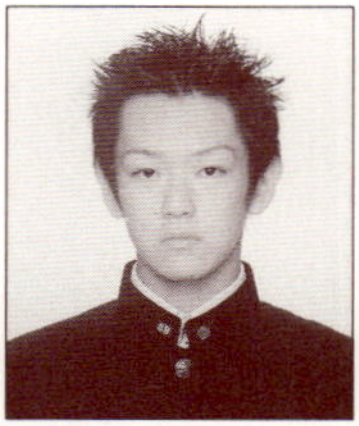

北村　充宏
（川嶋　義一）

江藤　直美
（鈴田　林沙）

◆本書に登場する3年B組生徒（上段：配役名）

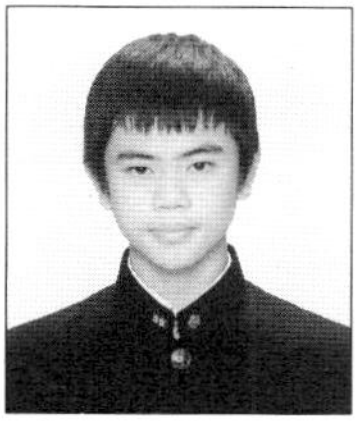

山田　哲郎
（太田　佑一）

前多　平八郎
（田中　琢磨）

長谷川　奈美
（中村　友美）

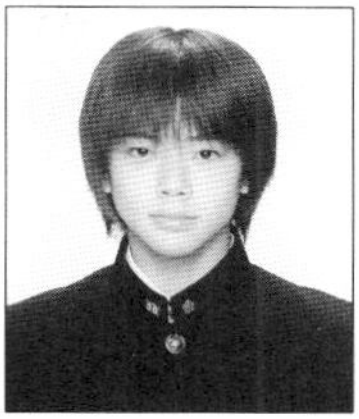

長澤　一寿
（増田　貴久）

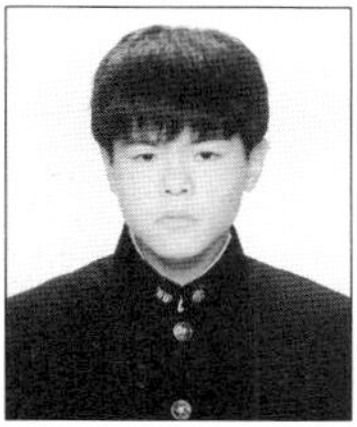

山本　健富
（高橋　竜大）

森田　香織
（松本　真衣香）

馬場　恭子
（金沢　美波）

成迫　政則
（東新　良和）

安原　弘城
（竹沢　正希）

星野　雪絵
（花田　亜由美）

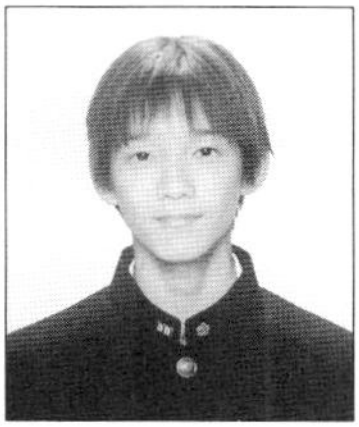

信太　宏文
（辻本　祐樹）

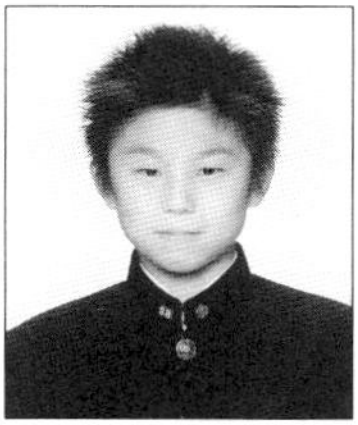

山越　崇行
（中尾　明慶）

本田　奈津美
（谷口　響子）

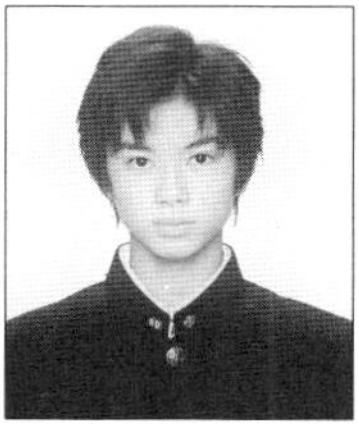

長谷川　賢
（加藤　成亮）

あってはならぬことが、この世にはある。
起こってはならぬことが、この世には起こる。

もしも、もしもその
あってはならぬことが、
起こってはならぬことが、
あなたの身にふりかかってきたとしたら――?

〝運命〟とあきらめてしまえば、
ドラマは始まらない。
いやだ!認めない!と叫びをあげるとき、
ドラマは始まる。
人間の尊厳《そんげん》をかけたドラマが――。

もくじ

Ⅰ　負けるな、幸作

やっぱりわが家がいちばんだ……。２カ月ぶりで家に帰った幸作の顔は自然にほころびる。しかし肺炎による高熱は、すぐまた幸作を病院に連れ戻す……。

十二月も半《なか》ばを過ぎた。突然の入院からすでに二カ月あまり、幸作はスニーカーをはいていない。走っていない。風に吹かれていない。長びく入院生活の間に、幸作の足の裏は子どものようにやわらかく、寝まきの袖《そで》から伸びた腕はなま白く、点滴《てんてき》の内出血であざだらけになった。髪の抜け落ちた頭を帽子で隠してはいるが、眉《まゆ》の薄い、青白い顔が幸作の病《やまい》の深刻さをものがたっている。無菌室《むきん》から一般病棟《びょうとう》への〝帰還《きかん》〟を祝って駆けつけた健次郎ら、元三Bたちは、幸作の変わり果てた姿に思わず涙ぐんだほどだった。

けれど、入院以来、毎日幸作を見てきた金八先生と乙女《おとめ》、ちはるは、幸作の中に生命力が力強く脈《みゃく》打っているのをはっきりと感じている。しかも幸作は、不安と孤独で塗《ぬ》り込められた無菌室からようやく出ることができた。点滴《てんてき》のポールにすがるようにして歩くその足どりはまだまだ危なっかしいが、笑顔を取り戻した幸作を見て、金八先生も乙女も最悪の時は脱したと胸をなでおろした。

病院の建物を出ることはできなかったが、一般病棟《びょうとう》へ移ってからは、健次郎が毎日幸作の顔を見にやってきた。ちはるも加わって、見舞いのスナック菓子を頬張《ほおば》りながら三人で話し込んでいると、ふと中学時代に戻ったような気がするのだった。仕事や授業の間をぬって、金八先生も乙女も熱心に幸作のもとへ通《かよ》ってきたが、幸作の退屈な入院生活を彩《いろど》りはじめたのは、何よりも正子の存在だった。

一般病棟へ移ってすぐ、それまでたびたび二人の手紙交換の郵便屋役をひきうけていたちはるは、幸作に正子を紹介した。

「正子ちゃん」

歩行器につかまりながら廊下をそろそろと行く少女を、ちはるが突然、呼びとめたとき、幸作の心臓は跳《は》ね上がった。抗がん剤の副作用《ふくさよう》に負けそうになるとき、自分を励《はげ》ます呪文《じゅもん》として幾度となく唱《とな》えた名前である。

足が不自由なのか、ぎこちなく振り向いた少女は、幸作と同じく毛糸の帽子を目深《まぶか》にかぶっている。ゆっくりとした動きだが、華奢《きゃしゃ》な肩の上にすらりとのびた長い首を少しかしげた様子には、病人とは思えない凛《りん》とした感じがあった。

「倉田正子ちゃん……?」

思わぬ歩行器姿に呆然《ぼうぜん》としながらも幸作が立ちあがると、正子はにっこりとほほえみかけた。

「坂本幸作さん?」

「あ、はい」

「すっごく背が高いんだあ。はじめまして」

ピンクの帽子の下からまぶしそうに見上げる、濃《こ》い睫《まつげ》にふちどられた大きな瞳《ひとみ》が愛くるしい。言葉をつげないでいる幸作に、ちはるが助け舟を出した。

「リハビリ？　今度、幸作お兄さんにいっしょに散歩してもらいなさいよ。ただし、病院の外へは出ないでね」

「だいじょうぶだよ、そんな無茶しないよ」

あわてて答える幸作を見て、正子はうれしそうにうなずいた。右足をひきずり気味にゆっくりと去っていく正子を見送りながら、その日、幸作ははじめて正子に片足がないことを知ったのだった。


ぎこちない出会いから、幸作と正子が仲良くなるのに時間はかからなかった。歩行器の正子につきあって病院の廊下を行き来しながら、幸作は冗談《じょうだん》を言っては正子を笑わせた。正子の尊敬をこめた眼差《まなざ》しがくすぐったかった。そんな目で見上げられると、幸作はついつい空元気《から》をふりしぼってしまうのだった。リハビリと称《しょう》して、正子は幸作の病室にもよく顔を見せる。幸作がメールで友だちと交信しているといってパソコンを見せると、正子は大きな瞳をいっそう丸くさせた。そして幸作が使い方を教えると約束すると、その黒い瞳をきらきらさせて喜んだ。

「うれしい。だってほとんど学校は欠席だからコンピューター授業も受けてないし……。でも、お勉強はしてるのよ、私。この中に院内学級《いんないがっきゅう》があるの、知ってる?」

そんなやりとりから、幸作はある日、正子に案内されて院内学級を訪れた。小中学生が入り混じって、勉強している部屋のなごやかな空気をかぐなり、幸作は「ほっとスクール風」のことを思い出した。放課後、空《から》っぽの我が家に帰るのがいやで、幸作は中学時代から手伝いと称してよく「風」に通《かよ》っていた。幸作が顔を出すと、このフリースクールに通っている不登校の小さい子どもたちが寄ってきて、鬼ごっこやかくれんぼをせがんだものだった。

院内学級の面倒《めんどう》をみている若い教師の前に、正子はいたずらっぽい微笑で幸作の袖《そで》をひっぱっていった。

「この人、私の家庭教師」

「え?」

あっけにとられている幸作に、その教師はぱっと人なつこい笑みを投げかけた。

「高校？　大学？」

「高校二年です」

「よし。体に無理がない程度にこの教室の子と遊んでやってくれないか」

少しでも幸作といっしょにいたい正子は、幸作に戸惑《とまど》う隙《すき》を与えず、さっそく自分のやりかけの問題集のページを指し示した。今日はあいにく教師が一人なので、低学年の子どもの相手だけでも手いっぱいの様子である。

勉強を終えると、面会コーナーでくつろぎながら、正子は心配そうに幸作を見やって言った。

「ごめんね、おつきあいさせてしまって。くたびれた？」

「ううん、病室だけにいたら退屈だもの」

「うそ。パソコンでおしゃべりできると言ったわ」

「お話はね、ナマの人と話した方がずっと楽しいんだよ」

「私ってナマの人？」

きょとんとした顔で首をかしげる正子はなんとなくリスに似ている、と幸作は思った。睫《まつげ》が長いせいか、まばたきがゆっくりに見える。黙っていると大人《おとな》びた雰囲気《ふんいき》なのに、笑うとふっくらした頰《ほお》の片方にだけくぼみができて幼い印象になるのだった。幸作は正子のおしゃべりする様子《ようす》を見ていて飽《あ》きることがなかった。

「うん。この言い方《かた》、変だった?」

「ううん。ね、どうして私の足、一本足りないのか聞かないの?」

突然そうきかれて幸作は言葉を失った。正子の足のことはタブーのように思って、なるべく見ないようにしていた。正子はそんな幸作から窓の外へ視線をすべらせ、つられて幸作も外へ目を向けた。冬の陽をあびて、庭のケヤキの枝が空をまっすぐに突き刺している。

「私ね、何度か脱走して、あの木の向こうへ思いっきり走っていく夢を見たの。もちろん、足は二本で、ね」

雀《すずめ》が一羽、窓枠《わく》の中の風景を斜めに横切って飛んでくると、ケヤキの枝に少しの間だけとまり、また視界から消えていった。無菌室《むきんしつ》に閉じ込められて、幸作も何度も夢に見た。急に体が軽くなって、いつのまにか病院を出て土手の道を風に吹かれて走っている自分を。その夢を現実にするために、幸作はいま病気とたたかっている。けれど、たとえ病気を克服《こくふく》しても、正子の左足は帰ってこないのだ。初めて会ったときから正子の微笑には陰《かげ》りがなく、ともすれば幸作は正子の足のことを忘れそうになった。けれど今、ケヤキの梢《こずえ》を見上げている正子の横顔を見ていると、正子の背負《せお》っているきびしい現実が、幸作の胸を刺しつらぬく。

幸作の泣きそうな顔に気づいた正子は、いつものようににこっと笑ってみせた。

「でも、義足つけても走ることはできるんだとリハビリの先生に言われて、もうそういう夢は見ないことにした」

「でも、夢ってさ……見ようとしても見られないし、見たくても見られないもんじゃないか」

「まあ、そうだったけど…」

「……ごめん。何の病気だったか聞いてもいいかな」

「アクセイコツニクシュ」

「それって……手術しなければいけなかったの?」

「うん。膝《ひざ》の上の腿《もも》から切らないと死んじゃうと言われた」

そう答える正子の声はさばさばと明るい。まっすぐに伸ばした背すじが、後ろを振りむくまいという決心をものがたっているようだ。話を聞きながら幸作は自分の膝《ひざ》に激痛が走ったような気がし、声がふるえるのをどうしようもなかった。

「そう……がんばったね」

「ううん、私、泣いた。わんわん泣いた。死んだ人って、お棺《かん》に入れられるでしょ」

「ごめん、悪いことを聞いちゃったよ」

幸作はあわてて、正子の言葉をさえぎった。自分も正子も、そしておそらく院内《いんない》学級で戯《たわむ》れていた子どもたちも、黒ぐろとした死への不安と隣り合わせに生きている。頭の隅《すみ》に常に死という言葉がこびりついているにもかかわらず、その言葉を口にすると本当に絶望を呼びよせてしまう気がして、幸作はおそろしかった。院内学級の子どもたちもそれぞれに葛藤《かっとう》があるのだろうが、それを表面には見せなかった。どれくらいの時間をかけて、正子はふっきることができたのだろうか。正子の口調《くちょう》はとくべつ強がっているふうでもない。

「幸作さんって、そういうこと想像しなかった？」

「え？」

「お棺《かん》に入れられるとき、足が片っぽないなんて思っただけでもいやじゃない？」

「それは……」

「それに、二度とバレエが踊《おど》れないなら、死んだほうがいいと思って」

つぶやくように言って、正子は目を伏《ふ》せた。

「バレエ、やってたの？」

「五歳のときから。ずっと」

そうだったのか……。正子の凛《りん》とした姿勢、パジャマ姿で立っているだけなのに、なんとなく正子の周《まわ》りの空気が澄みきって見えるわけが、幸作は今になってわかった。華奢《きゃしゃ》でいて、しなやかな強靭《きょうじん》さをも感じさせる正子の体は、物心ついて以来きたえあげてきた踊り手の肉体なのだ。そして、幸作と同種の病気で、正子は片足とともに将来への夢をもぎとられた。それなのに、正子は逆にショックを受けている幸作を励《はげ》ますかのような微笑を浮かべるのだった。

「でも、今、ハンデの人が車椅子《いす》で踊るグループができたのよ。今度、ビデオテープ貸してあげる。笑わないでね。私、そこのプリマめざすつもり」

「笑うもんか！　誰《だれ》がそんな！」

「いつ実現するかわからないけど、そのときは公演、見に来てくれる？」

「もちろん！」

勢いこんでうなずく幸作に、正子は小指《こゆび》をすっと差し出した。その細い少女の小指に、幸作はあわてて自分の指をからませた。

その日ベッドへ戻ってからも、幸作は繰り返し正子の言葉を思い出した。それまで兄貴ぶんを気取っていた正子に、数歩先を行かれたようだ。まどろみの中で、幸作は夢を見た。真っ暗な病院の長い廊下の向こうでくるくると回転しながら、正子は踊っていた。白い羽のようなチュチュを身につけ、真っ白なタイツにつつまれたすんなりとした二本の足は、重力などないような軽やかさでのびたり、交差《こうさ》したりするのだった。

「幸作、幸作」

呼び声にはっとして目を開けると、金八先生と乙女が心配そうな顔でのぞきこんでいる。

「どうした？　気分が悪いか」

「あ、ううん、ちょっと夢みてた」

「ああ、びっくりした。ナースコールしようと思ったじゃん」

乙女が大きなため息をつき、幸作は笑いながら舌《した》を出した。幸作のいつになく生き生きした表情に、金八先生はすぐに気づいた。

「どうした？　なんか知らんが、今日の幸作、いい顔してるぞ」

「うん。今日、院内学級《いんないがっきゅう》の見学に行った。倉田正子ちゃんが案内してくれたんだけどさ、なんか家庭教師やった気分」

「上等じゃん。けど聞かれたけど、答えがわかんなかったとか?」

幸作の変化を喜びながら、乙女がからかい半分の目をむける。

「それに近かったけど、じんときちゃった」

「うん?」

「あの子たち見ていて……うまく言えないけど、病気でも勉強している、というよりは、病気だから勉強で病気とたたかっているって感じ。しかも楽しそうなんだよ。すごいなあと思った」

金八先生は、幸作の明るい表情を静かに眺《なが》めながら、家族だけではどうにもならない、〝仲間〟の存在の大きさを思わずにはいられなかった。そして、あらためて、今の三Bで孤立したように見える直や直美の苦悩を思いやったのだった。

幸作は院内学級であっという間に〝幸作せんせい〟と頼りにされる存在になり、それがつらい幸作の闘病生活にはりを与えていた。それまで自分がみんなの足かせになっているというくやしさから、乙女やちはるに八つ当たりすることのあった幸作が、自分もまた誰《だれ》かの役に立てるとわかってから、不機嫌《ふきげん》な顔を見せなくなった。院内学級の幼い闘病仲間たちや、あれだけのハンデを負いながら笑顔を絶やさない正子の手前、幸作は自分のプライドにかけても弱音《よわね》を吐《は》くわけにはいかなかったのだ。

幸作の言葉にヒントを得た金八先生は、不登校を続けている直美《なおみ》を呼び出し、何も言わずに安井病院の院内学級へ連れてきた。直美を「レズ」とからかって不登校にまで追いつめた美紀《みき》たちのグループは、後悔するどころか逆に直美を「意気地《いくじ》がない」「執念《しゅうねん》深い」と評して、自分たちを正当化した。直美に同情している者も多いのだが、かといって孤立した直美をささえ、親身《しんみ》になって三Bの教室へ連れ戻してやろうという友だちはいない。

金八先生は直美と二人、院内学級の部屋の片隅《すみ》に立って勉強したり遊んだりしている子どもたちの様子《ようす》を見ていたが、少し席をはずして戻ってみると、直美はいつのまにか小学一年生くらいの女の子の積み木を手伝っていた。積み上げた高い塔《とう》の上に最後の積み木をのせることに成功した女の子がうれしそうに笑うと、直美の顔にも同じ笑《え》みがひろがった。その様子を離れたところから、金八先生は感嘆《かんたん》して眺めた。母親になかば無理やり背中を押されるようにして家を出て、ここへ来るまでの間、金八先生がどんなに声をかけようとも、直美は緊張したかたい表情を崩さず、無言《むごん》のままだった。ところが、自分がなかなか越えることのできなかった、直美の心の垣根《かきね》を、初対面の小さな子どもがいともやすやすと飛び越えていたのだ。

名残《なご》り惜《お》しそうに女の子に別れを告《つ》げての帰り道、こころなしか足どりの軽い直美に、金八先生はたずねた。

「どうだった？」

「病気なのに、あの子、楽しそうだった」

「そうだね。私もうちの幸作に教えられたんだけど、あの子たちは勉強することで病気とたたかっているのかもしれないって」

直美は黙ってうなずいた。

「けど、直美は病気じゃないんだから、院内学級《いんないがっきゅう》へ通《かよ》えとは言えないし、困ったな」

「……ごめんなさい」

「でもさ、直美が手伝ってやったら、あの子、あんなにうれしそうだった。だから、家にばかりいないで、時どき面会に行ってお勉強の仲間になってあげたらどうかな」

「はい」

「私は待っているけど、三Bに戻るのはそんなに慌《あわ》てなくていいよ」

「はい」

直美ははじめて、ほっとしたような顔で金八先生を見上げた。少し気が軽くなった直美は思いきって、口を開いた。

「……鶴本《つるもと》さん、ずっとノートをファックスしてくれています」

今や直美を外部とつなぎとめているのは直《なお》のファックスだけなのだった。憧《あこが》れる直からのファックスに直美は歓喜《かんき》したが、直は、そんなに喜んでくれなくていい、とそっけなく言っただけだった。それは拒絶のようにも聞こえ、直美はうなだれた。けれど、直は変わらずにファックスを送り続けてきた。孤独な直美の頭の中は直のことでいっぱいになった。直との距離を縮《ちぢ》めたいという気持ちと迷惑をかけたくないという気持ちの間で、直美は揺れ動いていた。

「そうか……担任がこんなことを言ってはいかんのだけれど、鶴本直は優しいというのか、責任感が強いのか……」

「両方です。だから尊敬していたのに」

すぐさま直美がきっぱりと答えた。その口調《くちょう》の熱さに金八先生は思わず直美の顔を見た。

「だったら、レズだとからかった連中に、もっと堂々とできないかな」

「……私、鶴本さんに悪くて」

とたんに直美はうつむいた。直美の恐れているのは、美紀《みき》たちのからかい以上に、直《なお》の気持ちそのものなのかもしれない、と金八先生は今さらながら思った。

「あの子はそんな弱虫じゃないと私は思うし、直美だってそう思っているんだろ」

黙ってうなずく直美に、金八先生は優しく言った。

「だったら、きっといつか本当の友だちになれる。そんな気がするな」

「ほんとうに?」

とたんに直美は瞳《ひとみ》を輝かせる。直美の抱《いだ》いている初々《ういうい》しい恋にも似た気持ちのみずみずしさに胸を打たれ、金八先生はしっかりとうなずきかえした。

「うん。ただし、それは直美次第《しだい》。確かに傷ついただろうけど、そんな傷口、つばでもつけておきなさいよ。院内《いんない》学級の子どもたちは、そうやって病気と闘《たたか》っているんだろうな。だから、あんな笑顔を見せてくれる。けど……やっぱり子どもだからひとりで泣くこともあるんだろうけど」

直美には焦《あせ》るな、と言ったものの、金八先生は焦らずにはいられなかった。三Bに残された時間はそう長くはない。直を孤立させたまま、直美にいじめられっ子の刻印《こくいん》を押させたまま、中学を送り出したくはなかったのだ。

喉《のど》を痛めたという直と母親の成美《なるみ》に、安井病院で顔を合わせて少ししてから、成美から呼び出しの電話が入った。転入の当初から成美の態度は娘の直と同様、頑《かたく》なに干渉《かんしょう》を避けるものだったので、意外に思うと同時に何か悪い予感に駆《か》り立てられるようにして、金八先生は川べりにそびえ建つ直のマンションを訪ねた。そして成美から、直の苦しみが「性同一性障害《せいどういつせいしょうがい》」によるものかもしれないことを告《つ》げられたのだった。

毎日保健室でジャージに着がえる直を見て、本田先生がほのめかして以来、そういうケースがあることを頭に置いてはいたが、実際に成美の口から直の障害について聞かされてみると、金八先生にはやはりぴんと来ないのだった。

「……すると直さんは、自分は男の子だと思っている、そういうことなんですか？」

「いえ、男の子でありたいと思っているのだと私は考えております」

「思っているといっても、お母さん、男と女とは決定的に違うでしょう」

「実は今日、カウンセリングに行ってまいりました」

「カウンセリング……？」

「心理テストなど、いろいろです。これからも通《かよ》わせるつもりですけれど」

「はい」

自室のドアに体を押しつけて、直《なお》は母親と担任の会話に聞き耳をたてていた。あの夜、衝動《しょうどう》に駆《か》られフォークで声帯《せいたい》を突き刺したのを見て、狂わんばかりに心配する母親に泣き落とされ、直はこれまで拒《こば》んできたカウンセリングを受けた。父親も母親も、カウンセリングによって直の思い込みが消えるのではないかと望みをかけているらしかったが、直にとっては自分が男であることは明白なのに、カウンセリングで生理のことなどをあれこれ聞かれるのは屈辱《くつじょく》以外の何ものでもなかった。初めてのカウンセリングで唇《くちびる》をかみしめて横を向く直の代わりに、答えるのはほとんど成美《なるみ》だった。

直の首の包帯《ほうたい》のわけを知って、金八先生は直が痛ましくてならなかった。疲れきった表情で告白する成美は、以前の他人を寄せつけない高飛車《たかびしゃ》な印象はなく、捨て身で救いを求める一人の母親の顔だ。金八先生は問題の途方《とほう》もなさにショックを受けながら、ただ黙って、成美の言葉をひと言も聞き漏らすまいと耳を傾けた。

「あの子は私の三人目の子どもでして」

「三人目？　……たしか学籍簿《がくせきぼ》にはひとりっ子と」

「上の二人は、この世に生まれ出ることなく亡くなったのです。ですから、直をみごもったとき、今度はなんとしても流産させたくなくて……申しわけありません、お呼びたてしておいてこんな話を」

金八先生が首をふり、口ごもる成美に続きをうながす。

「すみません……。鶴本家《つるもとけ》には後継《あとつ》ぎが必要でしたし、私自身子どもが欲しかった。ですからまた流産しそうになったとき、くいとめるためにホルモンの投与《とうよ》などやいろいろ病院で手を尽《つ》くしていただいて、やっと恵まれたのが直なんです。ただ」

「はい」

「そういう治療によって男の子のような娘が生まれる可能性があると、よそから聞いたことがございます。もちろん、そうだという根拠《こんきょ》はないようなのですけれど、そんなことがあの子を苦しめ、お友だちにご迷惑をかけている原因ならば、私は、先生方《がた》にも、あの子にも……」

成美はこみ上げてくる嗚咽《おえつ》をかみ殺そうとして、口をつぐんだ。それが本当の原因だとすれば、この障害は直以上に、自分を責める母親を苦しめているのかもしれなかった。

「わかりました。いえ、本当はあまりわかりませんが、男勝《まさ》りというか、クラスの中でも性差別には激しく反発する彼女のことが、少し理解できるような気がします。立ち入るようですが、カウンセリングを続けられるのでしたら、その結果を教えていただけませんか。あの子をもっと理解するため、私も勉強します」

真剣な顔で受けとめる金八先生に、成美は深ぶかと頭を下げた。前の学校や居住地でのさまざまなトラブルから逃げるようにこの高層マンションに引っ越してきて以来、母娘《おやこ》二人きりで身を寄せ合うようにして暮らしてきたが、大人《おとな》になりかかった直のこの障害を二人だけの力で乗り越えるのに、成美はもう限界を感じていた。

一方、金八先生も、事実を知ってみると、このあいだの直《なお》の爆発、涙ぐんでこちらを見返したときの、刺すようなまなざしを思い出して胸が痛んだ。

マンションのエントランスを出てくると、あわててその場を離れる直美の後ろ姿が見えた。あたりはもうすっかり暗い。ずっとここにたたずんでいたのだろうか。

「直美、直美じゃないか」

後ろから声をかけると、直美はびくりとして立ち止まった。

「どうした？　寒い中を。直を訪ねて来たのかい？」

ゆっくり歩み寄る金八先生に、直美は思い切ったように向き直った。

「今日、まだ学校がある時間に、私、鶴本《つるもと》さんを見かけて、それで、なんか顔色が悪かったみたいだから……」

「心配になった？」

直美がうつむきかげんで小さくうなずいた。

「少し風邪《かぜ》気味というところかな。それより、よかったね」

「え？」

「直美がだよ。やっぱり自分のことだけじゃなく友だちのことも心配できる、心の余裕と優しさのある子だったということがだよ」

直のことをはっきり友だちと呼べたら、どんなにいいだろうか。けれど、今の直美には自分から働きかけるような自信がない。

「もうすぐ終業式だ。思い切って出てきてみるかい？」

そうたたみかけた金八先生の言葉に、直美はふたたび硬直《こうちょく》してしまった。金八先生はかばんから一冊の本を取り出して、直美に差し出した。『生きてていいの？』というタイトルのその本は「朝の十分間読書」で金八先生が読み終えたばかりのものだった。いじめを克服《こくふく》した筆者の体験記である。金八先生が励《はげ》ましをこめて手渡した本を胸にかかえ、直美はもう一度、直《なお》のいるマンションを見上げると、ぺこりと頭を下げて走り去っていった。

何もかもすっきりしないまま二学期の終業式を迎えるのかと気の重かった金八先生に、最後になって何よりの贈り物をさずけたのはちはるの父だった。突然の呼び出しに顔をこわばらせて院長室へ出向いた金八先生を、安井院長は愛想のよい笑顔で迎えた。幸作の白血球の数値が安定しているので、年末の間、一時退院を許可しようというのだった。

「ほんとですか！　幸作、家へ帰れるんですか！」

思わぬニュースに、金八先生は安井院長の手を握《にぎ》って何度も何度も礼を言った。

「私に礼を言うより、幸作くんをほめてやってください。彼はほんとうに頑張りました」

「はいっ」

金八先生の目じりには早くも涙が光っている。あまりの舞い上がりように、院長はかえって心配になったのか、念を押した。

「あくまでも一時帰宅の年末退院ですよ。具体的には、またあとで主治医から注意がありますが、寒い時だし、とにかくお正月というのはふつうの人でも体調を崩《くず》しやすいので、くれぐれも気をつけてください。でないと、もとの木阿弥《もくあみ》ですから」

「はい、それはもう、家に閉《と》じ込めて鍵《かぎ》かけて、一歩も外には出しませんっ」

「風邪《かぜ》がこわいですからね。そのくらいの覚悟《かくご》で健康管理はお願いします」

「はいっ」

顔をくしゃくしゃにさせて頭を下げると、金八先生は突んのめるような勢いで幸作の病室へ急いだ。相部屋《あい》の病室で声を殺してうれし涙を流す幸作と金八先生は、しばらくの間、言葉もなく、ただしっかりと抱き合っていた。

幸作退院のニュースは、ケイタイの電波にのってまたたく間に元三Bたちのところへも届《とど》けられ、幸作のメールボックスは早くもお祝いのメールでいっぱいになった。

一時退院とはいえ、家へ帰れる喜びで幸作は有頂天《うちょうてん》だった。その夜はなかなか寝つかれず、翌日もいつものように正子につきあって廊下《ろうか》を歩きながら、ひとりでに笑《え》みがこぼれてしまうのをどうしようもない。

「いいのかなあ、リハビリ室に行かなくても」

いたずらっぽく顔をのぞきこむ幸作に、正子は唇《くちびる》を小さくとがらせて答えた。

「いいの、廊下でもリハビリできるもん」

「すげえファイト、頭さがります」

「ふふふふ」

「正子ちゃんはいつ家に帰るんだ？」

「私は居残《いのこ》り」

幸作ははっとして、自分の残酷《ざんこく》な質問を悔《く》やんだ。

「……また具合《ぐあい》が悪いのか」

「ううん、もうすぐ新しい足ができるの。だからその足と仲良くなるためには、リハビリ休まないほうがいいわけ。だから帰らないでがんばるの」

なかば自分に言い聞かせているような、前向きの正子らしい答えだった。そして、ひとり浮かれていたことを恥《は》じている幸作を、正子は逆に慰《なぐさ》めるように明るく付け加えた。

「だから、お年玉持ってお見舞いに来て」

「おれが帰っても泣くなよ」

「泣くよ」

「こら」

「じゃあ、帰るのやめる？」

「ううん、そうはいかない」

幸作の困った顔を見上げて、正子はくすりと笑った。

「みーろ」

「ようし、憎まれ口ばかりたたくやつはこうしてやる」

そう言うなり、幸作は正子の体を背後《はいご》からすくいあげるようにして、勢いよく歩行器で廊下《ろうか》をすべりだした。消毒薬臭《くさ》い風が頬《ほお》をなで、正子が歓声《かんせい》をあげる。

「静かに！　それは遊び道具じゃないの。ほかにも患者さんがいるでしょ！」

途端《とたん》に、病室から顔を出した看護婦の叱咤《しった》がとび、二人はいたずらを見つかった子どものようにそろって首を縮《ちぢ》めた。


幸作は二学期の終業式よりほんの一足早く退院した。金八先生が空《あ》き時間を抜けて病院へ駆けつけるのを、乾《いぬい》先生が車で送ってくれた。たくさんの候補者《こうほしゃ》の中からジャンケンで勝ち抜いたという敬太が、元三B代表で荷物運びにやってきた。ちはると正子が見送りに立ち、幸作は正子を残していくのがかわいそうで、つとめて明るい調子《ちょうし》で手を差し出した。けれど、正子は握手《あくしゅ》にはこたえず、幸作をうわ目づかいに見ると耳のあたりで小さく手招《てまね》きする。何の内緒話《ないしょばなし》かとかがみこんだ幸作の頬《ほお》に、正子は電光石火《でんこうせっか》で唇《くちびる》を鳴らした。幸作は不意《ふい》をつかれてあっと叫び、真《ま》っ赤《か》になった。

けれど、車が家のすぐ近くの道へ曲《ま》がりこむ頃には、もう幸作の胸は久しぶりに見るわが家《や》のことでいっぱいになっていた。家では乙女が準備万端《ばんたん》ととのえて待っている。みなに助けられて車を降《お》りると、幸作は小さな子どものように叫び声をあげた。

「家《うち》だ、家《うち》だ、やっぱわが家《や》ぁ。おーい、おれ、帰って来られたぜ」

敬太は手伝いを終えると、幸作を疲れさせないようにと早々《そうそう》に帰っていった。幸作の小さな引っ越しがすみ、父子《おやこ》三人は里美《さとみ》先生の遺影《いえい》の前にかしこまってすわった。

「母ちゃん、ほんの一週間だけなんだけど、この通り幸作が帰ってきました。頭の毛をどこかに忘れてくるようなそそっかしい奴だけど、守ってくれてほんとにありがとう」

「ありがとう」

幸作が照れくさそうに、乙女とともに合掌《がっしょう》する。そして、何かと取りしきってあれこれ指図《さしず》する乙女とはしゃぐ幸作とのあいだに早くもきょうだいげんかともじゃれあいともつかぬやりとりがはじまる。

「やれ、やれ、好きなだけやりあってなさい。父ちゃん、学校へ戻るから」

金八先生は、いっきに明るい空気に包まれたわが家を満足そうに眺《なが》め、あたふたと家を出て行ったきり、遅くまで戻らなかった。

「まったくあのおやじ、どこをほっつき歩いてんだか。おれがせっかく帰ってきてやったのに、ほっとしすぎだよ」

幸作は乙女がしいてくれた布団《ふとん》にもぐりこみながらぐちを言ったが、たとえ姉と二人きりであっても、家庭のぬくもりを肌《はだ》いっぱいに感じて幸せだった。

直美の席は空席のまま、三Bでは二学期最後のホームルームを迎え、金八先生はクラスのまとまりのなさをあらためて嘆《なげ》いた。

「新しい年はすぐそこまで来ています。年を越せば、ここのみんながもういっしょである日はいくらもないいんだよ。ソプラノあり、バリトンあり、その中にまた個性的な者もいる。そういうみんなで卒業までに美しいハーモニーを奏《かな》でられないかなあ」

そんな担任の言葉にけんめいに寄り添おうとする顔は、学級委員で人一倍責任感の強い美保《みほ》、正義漢の賢《けん》や平八郎、平和主義のあかねくらいだ。二人の不思議な転校生、荒れると手のつけられない儀《ただし》、つかみどころのない信太《のぶた》にしても、三Bには互いに謎《なぞ》の部分が多すぎる。そんなよそよそしさをぬぐおうと、金八先生はあえて名ざしした。

「このまえ、クラスの雰囲気《ふんいき》をひっかきまわしたのは直《なお》だった。乾《いぬい》先生ジュニアが万が一、障害を持って生まれたら、どう祝うのかという問題で、鋭くすばらしい提案だったと思います」

「けど、おれにパンツ脱《ぬ》げと言ったんだぜ」

充宏《みつひろ》が反感をむき出しにして、直をにらみつける。

「その通り。このクラスにもいろいろと障害を持つ子が多いということがわかった」

金八先生は教室を見わたしながら列挙《れっきょ》していった。

「人の揚《あ》げ足をとる障害、無責任な噂《うわさ》を流してクラスメートを不登校にしてしまう障害、派閥《はばつ》をつくりボスになりたい障害、さしずめ直は口より先に手が出てしまう障害……」

「そうだよ！　いちばんの被害者はこのおれだぜ」

直にはやられっぱなしの儀《ただし》がすかさずそう叫ぶのを、金八先生はぐいと見すえて言った。

「というふうに何でも人のせいにする障害。ふつう障害というと体の不自由な人のことを思うでしょうが、考えていったら実に障害をもつ人が多いんだよね。ということは、私を含めて完全な人間なんていないんだと思います。だからこそ支え合い、補《おぎな》い合っていくことが大切なんだよね。それには、自分の思いに閉《と》じこもらないことです」

政則《まさのり》が黙って担任を見つめている。今の政則は、閉じこもることにすべてのエネルギーをかけているようなものだ。クラスの中で哲郎《てつろう》と繭子《まゆこ》という仲間らしきものを得ていたが、かといって自分の抱《かか》えている問題、父の〝障害〟をすべてさらけ出して、理解してもらえるとは思えなかった。しかも、自分が閉じこもる殻《から》をいっそう頑丈《がんじょう》にするために手を貸してくれたのは、当の金八先生でもある。交通事故の目撃を原因にしたトラウマをかかえているという嘘《うそ》に守られたまま、卒業式までなんとか持ちこたえること、それが政則のささやかな、そして必死の願いだった。

同じく、固い殻《から》に閉《と》じこもっている直にとって、心の中で友だちと呼べるのは賢《けん》だけだが、それも匿名《とくめい》のメル友としてであって、正体をあかしてなお、haseken こと賢が屈託《くったく》なく自分に接してくれるとは信じられない。騙《だま》しているうしろめたさはあるものの、真実を語って、唯一《ゆいいつ》のオアシスを自ら打ち砕《くだ》くような勇気はない。

「閉じこもったらすべてがストップする。だから誰かが寄り添っていっしょに歩こうよ。手が出る前に、なぜそうなのかを言葉にできるようにしようよ」

硬《かた》い表情で金八先生を直視している直《なお》に向かって、金八先生はさらに続けた。

「今のところ、直はそれをしない障害を持っているけれど、障害には乗り越えられるものと、先天的《せんてんてき》になかなかむずかしいという身体的な障害があります。それでも生まれてきたんだから、生きていく力があるのです。サポートしてくれる人を信じる心もあるはずです。どうかな、直、いつの日かパンチに物言わせるだけでなく、自分の障害を言葉でみんなに理解を求める。卒業までにそういう課題を持ってみないか。私も協力します」

成美《なるみ》から聞いたばかりの不思議な障害を頭において、今の金八先生が直に言えるのはそれだけだった。直美のこと、直のこと、信太《のぶた》や儀《ただし》のこと、彼らの抱える問題にもう少し早く気づいてやれたかもしれなかったのに、と金八先生は思う。幸作が入院して以来、先生は最近どこか気もそぞろだと言った賢《けん》の言葉が、金八先生の胸には今も突き刺《さ》さったままだ。ふとしたときに、先生は私のことを見てくれていない、と女生徒に抗議されたこともある。クラスの中で誰《だれ》かをほめれば、すぐに別の誰かがひがむのは、自分の愛情が生徒たちに伝わっていないのかもしれなかった。

「かわいいねえ、どの顔を見てもみんなかわいくてならないよ。デキが悪いほどかわいいなんて言ったりするけど、今度は私も息子の病気にふりまわされ、しみじみ命の愛《いと》しさを知りました。生きているということ自体すばらしいんだ。天から授《さず》かったそのかけがえのない命も、実はちょっとしたことで指の間からこぼれ落ちる、はかないものであることも知りました。だから、大切に考えましょう。六十二億二千万、この地球上の人々の中からたったの三〇人が三年B組というこのクラスの中で出会って生きている、と考えたら、すごく不思議なめぐり合わせだよね。少し飛躍《ひやく》するけれど、たったの三〇人が理解し合おうとしなければ、世界に戦争はなくならないだろう。だから、まず隣人《りんじん》だ。いいね、儀《ただし》、どんな理由があろうと隣人をぶん殴《なぐ》ったらいかんよ。どうぞ、自分を大切にしてください。それは同時に隣人を大切にすることです。では、大晦日《おおみそか》にもう一度私の言葉をかみしめて、どうぞ、よい年を！」

二学期の最後の日、金八先生は祈りをこめて一人ひとりの教え子の顔を見渡したのだった。

いつもなら昔の教え子たちが次から次へと顔を見せるにぎやかな坂本家の正月だが、今年は雑菌《ざっきん》を持ち込んではたいへんだというので、年始《ねんし》の客もないひっそりとした正月だ。それでも、久しぶりに家族三人がそろった今年は、金八先生にとっていちばん幸せを実感した正月だと言えるかもしれない。幸作は上機嫌《じょうきげん》で、家はいいなあを連発していた。一月三日の今日が許可された一時退院の最後の日である。明日になればまた退屈《たいくつ》な病院へ逆戻りしなければならない息子に、せめてもの土産《みやげ》に本を持たせようと、金八先生は書店で幸作用の本と、自分の勉強のために性同一性障害《せいどういっせいしょうがい》に関する本を買った。包《つつ》みを抱《かか》えて急いで家へ戻ると、見慣《な》れない靴《くつ》が二足《そく》玄関にきちんと並んでいる。

「お帰りなさーい」

幸作といっしょにコタツに入ったまま、にこにこと迎えたのは、健次郎とサオリだった。

「大丈夫、上から下まで新しいもの着て来たし、手洗い、うがい、乙女さんから厳重《げんじゅう》にチェック受けました」

金八先生が口を開くより早く、サオリが言った。

「みんなも幸作の顔見たがっているんだけれど、押しかけてはいけないのもわかっているから」

かしこまっている健次郎の言葉を、満面の笑《え》みの幸作がひきついだ。

「またまたジャンケンで決めたんだって」

「気ぃ使ってもらって悪いなあ。けど今度の入院は仕上げのためだから、うまくすると一カ月で完全退院できるかもしれないんだよ」

友だちにはさまれた幸作のうれしそうな笑顔を見ていると、金八先生には幸作の本当の帰宅ももうすぐだという気がした。

「幸作から聞きました。その時はみんなで全快《ぜんかい》祝いにソーラン節踊《ぶしおど》っちゃおうと」

「言い出しっぺは、私」

サオリが今からいきごんでいる。金八先生が念入りに手洗い等をすませ、こたつに仲間入りすると、乙女が湯気《ゆげ》のたつ盆《ぼん》を持って入ってきた。

「おしるこ。熱いうちにどうぞ」

「待ってましたぁ！」

歓声《かんせい》をあげ、すぐさま椀《わん》に伸ばした幸作の手を、金八先生が軽くたたいた。

「バカタレ！　客より先に手え出すやつがあっか」

「食欲は元気のバロメーター！　それに今日寒いじゃん。腹の中からあっためなきゃ」

にこにこと調子《ちょうし》よく答える幸作を、健次郎が心配そうに見やる。

「寒い？」

ヒーターのついた狭《せま》い居間《いま》のコタツに五人がくっつきあってすわっていて、少々暑くるしいくらいだ。

「寒気《さむけ》するの？　熱があるんじゃないの」

幸作の額《ひたい》にのばした乙女の手を、幸作は笑って振り払った。

「大丈夫だって。そんなもんあっても、しるこでふきとばす。いただきまーす！」

「いただきまーす」

幸作の笑顔につられるようにして皆も箸《はし》をとった。ほんのこの間まで食欲もなく弱りきっていた幸作が、目の前でふうふう言いながら熱い餅《もち》をほおばっているのを見ると、本来の幸作に戻ったようで、金八先生はうれしそうに目を細めた。


いざ学校が休みに入ると、遅刻、早退《そうたい》常習犯の信太《のぶた》でも時間を持てあまして困っていた。新しい母親の妙子《たえこ》はたえずびくびくと信太の顔色をうかがい、それがよけいに信太の神経を逆なでした。飛び出して行った母親が占めていた居場所《いばしょ》をあっという間に妙子とエリカがふさいでしまい、もうもとのさやにおさまることなど考えられない。

信太は行方《ゆくえ》の知れない母親のことが気になって落ち着かず、あてもなく町を歩き回った。

この時期、たいていの中三は家か塾で受験勉強に励《はげ》んでいるはずだ。夕暮れになり、まばらに明かりのついた商店街でゲームセンターから出てきた儀《ただし》の姿を見かけたとき、人恋しい信太はすかさず呼び止めた。乱暴な儀とはさほど気があうわけではなかったが、このさい話し相手は誰でもよかった。

「タコヤキ、食えよ」

「いらねえよ」

いきなりタコヤキを差し出されて面食らったのは儀の方である。あっさり拒絶して先を行こうとする儀を、信太は独特のなんともいえない人なつこい笑顔でひきとめた。

「ケチ！」

「うざってえ野郎だ」

そう言いながらも、儀はなんとなく信太のペースにのせられて、タコヤキに手を出し、並んで歩いていた。調理師見習いを目ざす儀にも受験勉強はなく、夜に父親が寝に来るとはいえ、日中は一人きりだ。出て行った兄の武《たけし》からは何の連絡もなく、家に帰っても話し相手といえば、かわいがっている十姉妹《じゅうしまつ》のピーとチーだけだ。さびしいもの同士、信太と儀はあっという間に意気投合《いきとうごう》した。カラオケボックスにでも泊まろうかな、という信太のつぶやきを聞いて、儀《ただし》は気前《きまえ》よく家に誘《さそ》った。

「しようがねえ野郎だな。おれんちに来いや」

「やだよ。おまえんち、汚ねえもん」

顔をしかめる信太《のぶた》に、儀は威張《いば》っていった。

「近頃はスキッときれいなひとり暮らし。それにおれんちの惣菜《そうざい》、うめえの知らねえのか」

「よし、泊まる。恩にきる」

信太の返事を聞いて儀はすっかりうれしくなった。兄がいたときはアパートはもっぱら兄の友だちの溜《た》まり場と化《か》していて、儀の友だちはみな恐れをなして近づこうとしなかったからだ。もっとタコヤキを買ってくると走る信太といったん別《わか》れ、儀はいそいそとアパートへ向かった。階段を上がってくると、きちんと閉《し》めて出たはずのドアがかすかにあいており、水道の水が出しっぱなしになっているような音がする。また、武《たけし》を探しているヤクザまがいの男たちだろうか。緊張しつつ中へ入って儀は驚いた。

こざっぱりとなっていた部屋の中は、再び乱雑《らんざつ》をきわめ、弁当ガラやらなにやらが散らばる中で武が大の字でいびきをかいていた。

「兄ちゃん……」

儀は武を見下《お》ろしたまましばらく呆然《ぼうぜん》と立っていた。自分がずっと心配しながら待っていた武が、目の前でよだれをたらして寝こけている。その姿を見ているうちにふつふつと憎《にく》しみが湧《わ》きあがってきて、儀は思いきり武の脇腹《わきばら》を蹴《け》った。

「起きろよ！　どこで何してたんだよ！　へんなやつや警察がきて心配してたのに、なんだよ、このザマはよ！」

力をこめた一撃にも起きる気配《けはい》がないのを知ると、儀は何がなんでもと、武の腹に馬乗りになり胸《むな》ぐらをつかんで引き起こした。

「兄ちゃん！　兄ちゃんたら！」

「うっせえ！」

目をあけた武に力いっぱい胸を突かれ、儀は仰向《あおむ》けにひっくり返った。かっとなった儀がむしゃぶりついていき、久しぶりの再会は、わめきながら組んずほぐれつの兄弟げんかになった。お互いつかみあったまま激しく横転《おうてん》し、転《ころ》がるうちに、障子《しょうじ》、ふすまが蹴《け》破られ、物が散乱する。タコヤキを手にやってきた信太が見たのは、儀のふれこみとはまったく違う、修羅場《しゅらば》となった部屋だった。

「やめろ！　やめんか、二人とも！」

止《と》めに入った信太《のぶた》はタコヤキもろともはじきとばされ、テーブルにしたたか頭をぶつけた。殴《なぐ》り合いを始めてすぐに儀《ただし》は、兄が自分を認識していないことに気づいた。殴り方にまったく手かげんや理性らしきものが感じられない。ドラッグのせいだ。武《たけし》は手近《てぢか》の電気スタンドで狂ったように弟を殴りつけた。電気ストーブが倒れるのを気にする様子《ようす》もなかった。スタンドの長い柄《え》を力いっぱいふりまわすので近寄ることもできず、手に負《お》えないと見た信太はものすごい勢いで部屋を飛び出した。

血相《けっそう》変えた信太がわめきながら金八先生の家へやってきたとき、ちょうど池内先生からの差し入れを届《とど》けに来ていた政則《まさのり》が帰るところだった。

「先生、大変だ！　儀が！　早く！」

「儀がどうした？」

「あのままじゃ、兄貴に殺される！」

半泣きの信太がそう叫ぶやいなや、金八先生は上着《うわぎ》をつかんで飛び出した。

「もう！　うちにも病人がいるのに」

またたく間に闇《やみ》に消えた父親の後ろ姿に、乙女が怒ったようにつぶやいた。慣《な》れてはいたが、幸作の一時退院の最後の夜だと思うと弟が不憫《ふびん》だったのだ。ただならぬ様子に、政則も金八先生の後を追った。途中、自転車でトレーニング中の一寿《かずとし》とすれ違った。教室では無干渉主義の一寿もさすがに様子がおかしいと思ったのだろう、振り返って声をかけてきた。

「信太!」

信太は息がきれて口もきけず、ただ前方を指差《ゆびさ》すと、一寿もくるりと方向転換して一行に加わった。

信太が助けを求めに行っている間にも、武は荒れ狂い続けていた。這《は》うようにして台所脇《わき》の玄関口のほうへ逃げようとする儀を、武はぐいと襟首《えりくび》をつかんで引き戻した。儀が後ろ向きによろめいたとき、武は転がっていたフライパンの柄《え》を握り、思いきり弟の頭上《ずじょう》に振り下ろした。鈍《にぶ》い音がして、儀は昏倒《こんとう》した。意識を失った儀の顔を見おろして、仁王《におう》立ちの武が満足そうに哄笑《こうしょう》を破裂《はれつ》させる。倒れた電気ストーブの上にのっていた雑誌に火がついて、ページがめくれあがった。武の瞳《ひとみ》に儀は映《うつ》っているのだが、武の心の目には弟の姿はまったく見えていない。幻覚《げんかく》の中でまんまと敵を倒して、武はますますハイになっていった。

「みろ！　どこからでも来い。ダダダーン！　てめえら首なし化《ば》け物にやられてたまるか！　くそぉ、火あぶりだぞー！　どけっ、死ねーっ！」

散乱したものに次つぎと火が燃えうつり、そのなかで武《たけし》はわめきながら、跳《は》ねたり、倒れている儀《ただし》をこづいてみたりの狂態《きようたい》だ。

「コラ！　何やってんだ！」

飛び込んできた金八先生の一喝《いっかつ》にふりむいた武は吠《ほ》えながら突進してきた。狂った男のタックルになんとか踏みこたえ、金八先生は続いて入ってきた政則《まさのり》に叫んだ。

「信太《のぶた》と二人で儀を連れ出せ！」

一寿《かずとし》は儀の両親に知らせに走り、政則と信太は、組み合っている金八先生の横をすりぬけて気を失っている儀の体を運びにかかる。意識を失った儀の体はずしりと重い。肉を打つ鈍《にぶ》い音に、政則が思わず背後《はいご》を見やると、暴れまわる武に強烈なパンチを浴《あ》びて、金八先生がよろめいている。

「信太、儀を頼む。ひきずって行け！」

そう言うなり、政則は武の足へ全身でぶつかっていき、三人はもつれあったたまま、煙の中を転《ころ》がった。火はカーテンにまで燃えうつり、炎がめらめらと踊《おど》っている。

「儀！　儀！」

信太は渾身《こんしん》の力で儀の体を安全な玄関までひきずっていた。中から煙が流れ出してきて目を刺《さ》した。一寿の知らせを受けて、儀の両親の克治《かつじ》と加代《かよ》が階段を駆け上がってきた。叫び声をあげて、倒れている儀を胸にかき抱く加代の横をすりぬけ、克治は部屋の中に飛び込んだ。金八先生と政則が、暴《あば》れる武を二人がかりでやっとおさえつけたところだ。

「武！」

その声に反応し、武は獣《けもの》のような目をむいて跳《は》ね起きようとする。そんな息子の様子《ようす》をひと目見るなり、克治はぐっと目を閉じ、自分の前掛けをはずすとその紐《ひも》を武の首に巻きつけた。

「し、死んでくれ、武！」

「何をするんですか！」

金八先生はあわてて克治を突き飛ばした。克治の食いしばった歯の間から嗚咽《おえつ》がもれた。火事だ、火事だ、という叫び声が通りから聞こえ、表に人が集まってきたようだ。

「放せ！　くそォ。てめえら化け物にやられてたまるか、どけーっ、放せーっ！」

わめきながら信じられないような力でもがく武の体を、金八先生と政則、克治は煙にむせつつも押さえつけ、なんとかボロ毛布《もうふ》をまきつけはじめた。それを援護《えんご》するように一寿《かずとし》が、周りで燃え上がる炎を座布団《ざぶとん》でたたき、信太《のぶた》は台所の蛇口《じゃぐち》にとりつけたビニールホースで、細い水をふりまいた。しかし、いったん勢いを得た火は燃え広がる一方だ。火消しの水を顔に浴《あ》びせかけると、儀《ただし》はようやく意識を取り戻した。

そのうちに鳶《とび》の桜組の若い衆がかけつけ、遠くから消防車のサイレンの音も近づいてきた。毛布にくるまれうつろな目で今やすっかりおとなしくなっている武《たけし》の体を、金八先生は政則《まさのり》、一寿、信太と共に運び出した。克治《かつじ》はよろめく足どりで泣きながら出てくると、アパートの入り口に群《むら》がった近隣《きんりん》の人びとの前で地面に額《ひたい》をすりつけて謝《あやま》り続けた。

「申しわけありません！　この通りです。申しわけありません！」

二階の窓をなめるように炎がひらめくのが見える。スーパーさくらの明子、桜組の友子、遠藤先生らが駆け寄ってきて、すすと水で汚れた金八先生たちの体に毛布をかけた。武は母親の呼び声も耳に入らないらしく、ぼんやりした顔のまま大森巡査の指示でパトカーに運ばれていった。金八先生は疲労困憊《こんぱい》で地面にへたりこんだまま、それを見送り、自分と同じようにそばで荒い息をしている教え子たちを気づかった。ところが、信太がひきずり出したはずの儀の姿がない。

「儀は！　儀！」

金八先生の顔からすっと血の気がひいた。信太も叫び声をあげる。

「儀ーっ！」

痛む体をひきずりながら部屋へ戻っていこうとしている儀を見つけたのは政則だった。

「儀！　兄さんは無事なんだぞ」

「ピーとチーが」

儀が首をふり、うめくように言った。

「ピーとチー？」

意味がわからず政則がききかえすと、金八先生はハッとして立ち上がった。警察に家宅《かたく》捜査《そうさ》で踏み込まれた日、呆然《ぼうぜん》と鳥かごを抱《かか》えこんでうずくまっていた儀の姿を思い出したのだ。ピーとチーはさびしい儀の唯一《ゆいいつ》の慰《なぐさ》めだった。

「わかった！　おれが行く！」

金八先生は火の手のまわった部屋の奥をにらみつけると、意を決してとびこんだ。

「先生ーっ」

仰天《ぎょうてん》して克治が後を追おうとするのを、政則が必死にその腰にしがみついて止め、泣き出した儀《ただし》を信太《のぶた》がしっかりと抱《だ》きとめている。

「先生ーっ、幸作が帰って来たのに、なにすんだよーっ」

明子が驚いて金八先生の背に金切《かなき》り声を浴《あ》びせた。

金八先生が顔をかばうようにして奥の部屋へ踏み込むと、まだ火の手は完全にまわりきっているわけではなく、充分に炎を避《さ》ける空間がありそうだった。ところが、軒《のき》に下《さ》がっている鳥かごをとろうと窓を開《あ》け放ったとたん、酸素不足の部屋の中へいっきに新しい空気が流れ込み、出口のある台所の方へと炎が吹き上がった。金八先生は夢中で鳥かごに手をかけるが、ひもがねじれてなかなかはずれない。やっと鳥かごを手にしたときには、背後《はいご》からの応援のホースの水しぶきも虚《むな》しく、帰り道を燃えあがる炎にふさがれてしまった。

「先生！　窓から逃げろ！」

桜組の若い衆が怒鳴《どな》り、金八先生は鳥かごを抱《かか》えたまま無我夢中《むがむちゅう》で窓をのりこえ、表の道へとびおりた。

「先生だ！　先生が出てきた！」

表《おもて》にまわった一寿《かずとし》が叫ぶと、儀をささえながら信太と政則《まさのり》が駆け寄ってきた。

「先生ーっ」

ただただ泣きながらすがりつく少年たちの体に、金八先生はすすでまっ黒になった腕をまわして言った。

「大丈夫だ。ピーもチーも生きてるぞ」

鳥かごのなかで驚いた十姉妹《じゅうしまつ》がバタバタと羽ばたいている。武をのせたパトカーの音が遠のき、消防車のサイレン、救急車のサイレンが夜の町に重なりあって聞こえていた。そのひとつがわが家《や》へ向かっていようとは、そのときの金八先生には思いもよらなかった。

金八先生と政則、信太がスーパーさくらの車で送られて帰って来ると、エンジン音をきいて池内先生が家から飛び出してきた。

「坂本先生！」

「やあ、池内先生。お騒がせしました。実は政則も……」

池内先生は続きを聞かずに、金八先生の腕を両手でつかんだ。

「すぐに病院へ行ってちょうだい！　幸作くんが悪いの。肺炎《はいえん》起こしたみたい。乙女ちゃんがついているけど、早く！」

「幸作が!?」

家を飛び出した時、幸作はこたつで笑っていたではなかったか？　愕然《がくぜん》としている金八先生の手に、池内先生が着替《が》えの包みを押しつけた。スーパーさくらの利行《としゆき》に引っ張り上げられるようにして再び配達車に乗り込むと、金八先生は病院へ直行した。

——風邪《かぜ》が命とりになりますからね。

何度も念を押した安井院長の言葉が耳の奥にこだまする。悪い夢を見ているような気分のまま、病院へつくなり金八先生は薄暗い廊下《ろうか》を走った。

ランプのついた集中治療室の前に、乙女と健次郎がすわっていた。

「お父ちゃん！」

乙女の蒼白《そうはく》な顔を見るなり、金八先生は最悪の事態をさとり、震《ふる》える声でたずねた。

「幸作は……」

「ケイタイ持って出ないんだもの！　私は幸作のそば離れられないし……！」

心細かったのだろう、乙女の目からみるみる涙があふれ出た。金八先生が飛び出していった後、幸作は少し熱っぽいといって病院からもらっていた薬をのみ、そのままこたつで金八先生の帰りを待っていたという。幸作の息が荒いのを心配して熱を計《はか》ったときにはもう三十九度をこえる高熱だった。仰天《ぎょうてん》した乙女は病院に連絡をし、幸作の額《ひたい》を冷やして励《はげ》ましながら救急車を待ったが、その間にも幸作の呼吸はますますピッチをはやめ、ぐったりとしてきた。池内先生と健次郎もかけつけ、ようやく救急車が到着したときには、もう幸作の意識は朦朧《もうろう》としていたようだという。

「……今は意識はないかも。いちばんこわい合併症の肺炎《はいえん》だって」

乙女の言葉を聞いて、その場にくずおれそうになる金八先生を、そっと健次郎がささえた。

「顔、見ることもできないのか」

「だめ。それに人工呼吸器つけてるんだもの。話しもできないよ」

「ああ……幸作!」

金八先生のうめき声に、健次郎もまた胸を引き裂《さ》かれる思いで、その体をかかえるようにしてベンチにすわらせた。どれくらいの時間が過ぎただろうか、無言《むごん》で膝《ひざ》を見つめる三人の前のドアがあき、安井院長が出てきた。祈るように自分を見つめる六つの瞳《ひとみ》を見返して、院長は冷静な口調《くちょう》で言った。

「もしここに到着した時が一番最悪の状態だったとしたら、この三、四日がヤマです。患者はもともと抗がん剤治療で免疫《めんえき》力が低下していますのでね、場合によっては一、二週間生死の境《さかい》をさまようということになるでしょう。重態です」

「お願いです、先生、なんとかあの子を助けてやってください」

金八先生がすがりつかんばかりに懇願《こんがん》するが、安井院長の難《むずか》しい顔は変わらないままだ。

「もちろん最善は尽《つ》くします。あとは幸作君の生きようという生命力です」

「はい」

深く頭を垂《た》れた金八先生の足もとの床に、涙がぽたぽたと落ちた。そのまま泊まりこめるようにと、ちはるが金八先生と乙女のために宿泊室の部屋をととのえてくれた。

「交替でお休みになってください」

心配そうにうながすちはるに金八先生は首をふり、かたくなにベンチを動こうとしない。

「今からそんなに張り詰めたら、先生の方がもちませんよ。幸作くんの容態《ようだい》次第《しだい》では、午前と午後、五分だけ面会を許可します。ただし、大声で呼びかけたりは絶対にしないでいただきたい」

安井院長の口調《くちょう》は静かだがきびしかった。

「じゃあ、ちはる、ご案内して」

「いえ、私ならここで結構です、いえ、ここにおらせてください、お願いします」

「冷たいようですが、ここにいらしても何の役にも立ちません。それに医師やナースも気になります」

無力感に打ちのめされ、憔悴《しょうすい》しきった金八先生の腕を健次郎がとった。

宿泊室には、池内先生が仕度《したく》したボストンバッグを届けに政則《まさのり》が来ていた。

「どうも、ありがとう。あなたも今日、大変だったんでしょ」

「僕より、先生の方が」

乙女が礼を言うと、政則は虚脱《きょだつ》したように簡易ベッドにすわったきりの金八先生を心配そうに見た。さきほど火事場で大スタント（離れわざ）を見せた頼もしい担任とはまるで別人だ。金八先生には政則の姿が見えてすらいないようだった。

「健ちゃん、ありがとう。いてくれて心強かった。何かあったら……そんなことないに決まってるけど、その時は知らせるから、政則くんを送って行ってくれる？」

「そうします。けど、とにかく先生を寝かせてください。そっちの方が心配です」

健次郎もまた、魂のぬけたような金八先生の横顔を心配そうにふりかえりながら部屋を出て行った。

「ありがとう」

乙女は気丈《きじょう》にほほえみ、健次郎と政則《まさのり》を見送った。二人はどちらからともなく、再び集中治療室の前に来た。ドアの前に立ちつくしている人影があり、目をこらして見るとニット帽をかぶった正子だ。今朝《けさ》、金八先生の家を訪ねたとき、病院の正子から電話が入り、幸作がうれしそうに、また明日ね、と話すのをきいた。幸作のその幸せそうな顔を、サオリと健次郎はさんざんからかったのだった。

「正子ちゃん」

健次郎が呼びかけると、正子はゆっくりと振り返って、壊《こわ》れたような微笑《びしょう》を浮かべた。

「明日戻ってくるはずだったから、新しい足、見てもらおうと楽しみに待っていたのに」

正子の言葉を聞くなり、健次郎はそれまで抑《おさ》えていた涙がふいにこみあげてきて、返事をすることができなかった。金八先生にも幸作にも何もしてやれない自分がもどかしく、こぶしをぎゅっと握《にぎ》りしめたまま健次郎は肩をふるわせて泣いた。

政則は健次郎のことをよくは知らなかったが、金八先生親子を心配する同じ気持ちをわかちあいながら、冷たい夜の道を並んで歩いていった。

池内先生が留守番をする金八先生の家には、スーパーさくらの明子、花子先生、本田先生が心配して集まってきていた。といって、祈るよりほかにできることは何もなかった。

「幸作に万一のことがあったら、私は金八っつぁんが心配だ」

明子が誰にともなく涙声で言った。中学を卒業してから二十年、坂本家とずっと親しく付きあってきた明子にしてみれば、幸作は甥《おい》っ子も同然である。

「今からそんなこと言うの、やめて！」

花子先生は反射的にそう叫んだ。が、この三、四日がヤマと聞いた以上、いくら楽天主義の花子先生でも暗い考えを頭から追い払うことはできなかった。一同が沈痛《ちんつう》な表情で黙《だま》りこくっていると、インターホンが鳴った。

訪ねてきたのは、儀《ただし》と母親の加代《かよ》だった。儀は左腕を三角巾《きん》でつり、歩きにくそうに足も少しひきずっている。部屋へ通されると、加代はすぐさまその場に両手をつき、全員にむかって深く頭を下げた。儀も痛む足を無理に正座《せいざ》して、頭を下げた。

「このたびは申しわけありませんでした」

その姿を見て、明子は思わず我《われ》を忘れて怒《ど》鳴《な》りつけた。

「謝《あやま》るなら、なぜ兄貴連れて来なかったんだ！　あいつのせいで金八っつぁんは……」

涙まじりの明子の罵声《ばせい》をききながら、加代はいっそう身を低くする。

「申しわけありません。あの子は覚醒剤《かくせいざい》をやってたそうです。それで父ちゃんといっしょにまだ警察に」

「クスリ、やっていたわけ……」

本田先生が暗然《あんぜん》とつぶやき、実の兄に殺されかかったという儀《ただし》の姿を痛《いた》ましく眺《なが》めた。責任を感じているらしく、儀は頭を下げたまま、ふるえる声で礼を言った。

「誰《だれ》か病院に行ったら、先生に言ってください。ピーとチーは元気です。ありがとうございました」


幸作は長い夢を見ていた。苦しかった息がふと楽《らく》になり、幸作は家を出て土手《どて》の道を歩いていった。河原《かわら》に日がさしてぽかぽかと春の陽気だ。呼ばれたような気がしてふりむくと、金八先生と乙女が何か激しく叫んでいる。が、どんなに耳をすましても、声がきこえない。駆け寄ろうとするが、足はふわふわとむなしく宙《ちゅう》をふむばかりでなかなかすすまない。そのうちに地面が真っ黒な口をあけ、幸作をのみこもうとした。いつのまにかそばに来ていた健次郎が両手をさしのべるが、つかまろうと必死にもがく幸作の手はその健次郎の手をすりぬけてしまう。幸作は真っ暗な奈落《ならく》へどこまでもどこまでも落ちていった。健次郎の泣き顔がくるくると回転する。闇《やみ》の中に、白鳥の衣装をつけた正子がまぶしい照明を浴《あ》びて軽《かろ》やかに踊りながらいく。幸作は舞台の袖《そで》からけんめいに拍手を送った。優雅《ゆうが》なおじぎをしながら、正子がそっとこちらに向かってほほえんだ。その顔はなつかしい母親の笑顔だ。驚いて客席の方を見ると、桜中学の文化祭であるらしい。ソーランの半纏《はんてん》を身につけた同級生たちに混《ま》じって、大西元校長がすわっている……。

金八先生はまんじりともしないまま宿泊室で朝をむかえた。窓の外が白《しら》じらと明けてくると、金八先生は病院の屋上に出た。向こうをゆったりと流れる荒川に、冬の朝陽《ひ》がまぶしく光っている。金八先生は思わずそのきらめきに手を合わせ、一心に祈った。

その日、代表で見舞いに行ったサオリと健次郎から幸作の様子《ようす》を聞きがてら集まることになっていた元三Bたちは、幸作急変のニュースをメールで知り、一様《いちよう》に不安そうな顔で約束のファミリーレストランに集まってきた。窓の外に時間に遅れて急ぎ足でやってくる健次郎を見つけると、一同は思わず腰を浮かせた。

「健次郎！」

「おそくなって、ごめん」

謝《あやま》りながら入ってきた健次郎は、黒っぽいコートに目深《まぶか》に帽子をかぶり、もともと細い顔がいっそう蒼《あお》ざめて見えた。

「幸作の様子《ようす》、どうなんだ！」

引っ越しを手伝った敬太が報告をせかす。

「今、ちはるに聞いて来た。昨夜から容態《ようだい》は変わっていないそうだ」

「そんな！　あんまりじゃん！」

幹洋《みきひろ》が悲鳴《ひめい》のような声をあげる。沈《ちん》うつな表情でじっと一点を見つめていた篤《あつし》が低い声で言った。

「いや、変わっていないということは、最悪の状態にはなっていないということだ」

「そうか、そういうふうに考えなきゃ」

篤の言葉に、好太《こうた》がそくざに賛同した。

「それで、坂本先生は？」

「はっきり言って、相当参《まい》っているよ」

昨夜の虚脱《きょだつ》したような金八先生の姿を思い出すと、健次郎の胸はつぶれそうだった。

「幸作！　これ以上悪い方に向かないでくれ！」

ヒルマンが突然そう叫ぶと、合掌《がっしょう》して祈り始めた。敬太《けいた》は葬式《そうしき》を連想させるその姿にぎょっとなったようだ。

「おれはいやだぜ！　おれたちまだ十六と十七だぜ、あいつが一番先にいなくなっちまうなんて、おれはいやだ！」

「バカモン！　まだ勝手に逝《い》っちまうなんて決まってないんだ」

「そうだ！」

慶貴《よしたか》や幹洋が口ぐちに怒鳴《どな》り、敬太はもう半泣きになっている。

「けど、こうやって集まるほかに、おれたちに出来ることが何もないなんて、悔《くや》しいよ」

苦渋《くじゅう》に満ちた声で篤がそう言ったとき、健次郎は刺《さ》すような目で友人を見た。

「いや、できることはあるさ」

「言ってくれ！　できることなら何でもする」

篤がそう答えるとともに、全員の視線が健次郎に集中した。

「まず、おれたちが希望を失ったらいけないということだ」

そう言って、健次郎は深くかぶっていた帽子をとった。帽子の下は痛いたしいまでに青白いスキンヘッドだった。

「健次郎、お前！」

驚きのあまり声も出ないでいる一同に、健次郎は強い意志をたたえた口調《くちょう》で語った。

「常に希望を持ち続ける、坂本先生にそう教えられたじゃないか。幸作の病状が好転して無菌室《むきん》に移されたら、おれはビニールカーテンごしに、この頭を見せる。おまえは一人じゃない、おれは仲間だ、お前の病気といっしょに闘《たたか》うためには髪の毛なんかいらない。おまえが治《なお》ったら、おまえもおれもまた髪がふさふさになる仲間だ！　おれはあいつに、そう伝えたい。そして、とにかく元気になってほしいんだよ！」

慶貴《よしたか》がファミリーレストランで人目もはばからず声をあげて泣き出した。

「健次郎、おまえってやつは」

敬太も涙声になって健次郎の肩を抱《だ》いた。

「おれは幸作を親友と思っている。けど、それ以上に坂本先生はおれの恩師だ。迷惑かけ続けたのに、最後までおれを見放さなかった。あの先生にむごい思いをさせるくらいなら、髪を刈《か》ることなんか、何ということはないさ……」

そう言いながら、元気だった頃の幸作のいろいろな表情、あたたかい金八先生の顔が思い出されて、健次郎は声をつまらせた。元の担任に暴行を加え、友人を脅迫《きょうはく》し、篤《あつし》を不登校へ追いやった、そんなことをわかっていながらなお健次郎を理解しようと懐《ふところ》をかしてくれた金八先生、憎まれ役をわかっていながら盾《たて》となってくれた幸作、彼らに出会わなければ自分も、また自分の家族もまったく別の人生を送っていただろうと健次郎は思う。

「わかった。わかったよ、健次郎」

嗚咽《おえつ》する健次郎の腕を、かつてのいじめられっ子の篤が友情をこめてぎゅっとつかんだ。

朝の診察が終わると、金八先生と乙女は約束どおり五分間だけの面会を許された。帽子にマスク、ガウンで厳重《げんじゅう》に身をつつんだ二人は看護婦につきそわれて集中治療室に入った。いろいろな計測器や酸素マスク、点滴《てんてき》につながれた幸作は別人のように見える。酸素を送る人工呼吸器の音だけが病室にやけに大きく響《ひび》いていた。時計の針が五分をきざむと、後ろ髪をひかれる思いの二人を看護婦は外へとうながした。打ちのめされている金八先生に、安井院長は励《はげ》ますように言った。

「乙女さんにすぐに連れて来てもらったから、熱も四十度には上がってなかったし、今日一日が幸作くんの勝負です。これで負けなければ明日には意識も戻ってくるはずです」

「どうか、よろしくお願いいたします」

深く頭をたれる金八先生は、一晩で急に老《ふ》けこんだように見える。その日もまた、金八先生は乙女と二人、病院で口数少なくすごした。夕日は荒川を赤く染《そ》めて沈み、のろのろと夜をつれてきた。幸作の意識は戻らなかった。けれど、夜、再び五分間の面会を許され、完全防備の金八先生と乙女が病室に入ってくると、まるでそのことがわかったかのように幸作の手がパタリと動いた。思わず顔を見合わせた父と娘は、互いの目の中に希望を見てうなずきあった。

そして三日目の朝早く、健次郎は安井病院へ向かって猛スピードで自転車をとばした。

「健ちゃーん!」

朝もやの中、ちはるが手をふっている。

「幸作、好転したんだって?」

「うん! 今日、午後から、集中治療室を出られそう!」

「あの野郎、がんばりやがってぇ!」

自転車をおりた健次郎の胸にちはるはまっすぐにとびこんできた。一瞬とまどった健次郎だが、こみあげるうれしさにそのやわらかいぬくもりを抱きしめた。

個室にうつされた幸作は消耗《しょうもう》していたが、表情はおだやかだった。金八先生はかたわらにすわり、幸作の体を撫《な》でさすりながら、つくづくと息子の顔を眺《なが》めた。

「ほんと、よかったなあ。あの治療室から帰って来られて」

「ぜんぜんよくない。せっかく、家に帰れたのに、また元へ逆もどりじゃん」

この二日間の記憶がなく、わが家のこたつで寝ころんでいたはずの幸作は、弱よわしく言い返した。

「バカチン、おまえは三途《さんず》の川を半分ぐらい渡ってたんだぞ」

「うん……そんな気もする」

素直にうなずいた息子の言葉に、金八先生はぎくりとした。

「今度こそ後戻《あと》りはごめんこうむる。とても父ちゃんがもたないよ」

「ごめん……」

「幸作……。ここで体力を回復させたらまた無菌《むきん》室に戻《もど》る。そして強化療法という抗がん剤治療とたたかうんだ、負けるなよ」

幸作は黙ってうなずいた。そっとドアがあき、二人が見ると、入ってきたのは健次郎だ。その後ろに神妙な面持《おもも》ちの篤《あつし》、敬太《けいた》、慶貴《よしたか》、ヒルマン、幹洋《みきひろ》、好太《こうた》、照孝《てるたか》、サオリが続いていて、たちまち狭い病室はいっぱいになり、幸作は目を丸くした。

「みんな……」

「うん、これだけの人数だから時間制限されてるんだ。すぐ帰るけれど、おれたち、おまえに見てもらいたいものがある」

健次郎のあらたまった口調《くちょう》に幸作が目でうなずくと、健次郎はするりとキャップを脱《ぬ》いだ。

「健次郎……!」

金八先生が驚いて声をあげる。続いて篤《あつし》が、敬太《けいた》が、慶貴《よしたか》が次つぎにキャップをむしりとって笑顔を見せた。

「おまえたち、いったい……」

ずらりと並んだ坊主頭《ぼうずあたま》に金八先生があっけにとられていると、敬太が楽しそうに言った。

「サオリはやめろと言ったんだけど、コイツ、言うこと聞かなくてさ」

「大丈夫、みんながお年玉出し合ってこのカツラ買ってくれたし」

そう言って、サオリは真新しいかつらを幸作に振ってみせた。

「似合うか、おれたち」

慶貴がつるりと頭を撫《な》でた。

「幸作は一人じゃないぞ、なんとかそれを伝えたいって、みんなで集まったら、こういうかたちになっちゃったんだ」

健次郎の言葉に、幸作の目のふちにみるみる涙がふくれあがった。

「僕たちは仲間だという証《あか》しだよ。てっぺんが少し涼しいけれど、幸作といっしょにがんばっているって実感が持てた。ありがとう」

と篤。

「一日も早く普通の病室に戻れよ、順番決めて見舞いに来られるから」

「タコヤキがいいか」

「欲しいものがあったら何でも言えよ」

「それはおまえ、健康に決まってるじゃん、な」

いつものようにヒルマンが明るく雰囲気《ふんいき》を盛り上げる。こみあげる嗚咽《おえつ》で何もいえない幸作が目で頼むと、金八先生はそっと幸作を抱《かか》えおこした。弱よわしく差し出された幸作の手に、健次郎が自分の手のひらをあわせる。続いてサオリ、幹洋《みきひろ》と順々に手を合わせようとする幸作だが、くずおれそうになるその姿を見て慶貴《よしたか》は笑顔で首を振った。

「おれは、もっと元気になるまで、とっておく」

「じゃあ、僕たちこれで帰る。熱が上がったら僕たちのせいだし、そのために応援に来たんじゃないので、悪く思うな。じゃあ、負けるなよ」

篤が言うと、皆も元気づけるように幸作にうなずきかける。

「……ほんとに……ありがとう」

幸作は涙をぽろぽろこぼしながら、友情の厚い仲間たちに礼を言った。幸作の体をささえてやりながら、出て行く九人の坊主頭の教え子たちに、金八先生は頭を下げ続けた。

Ⅱ　直美、教室に戻る

父の自殺未遂という逆境に突き落とされた美紀を励ますことで、自分の中に眠っていた力にめざめた直美は教室に復帰する。その直美を金八先生の笑顔が迎える。

三学期の始業式の朝、職員室へ入ると、金八先生は幸作の容態《ようだい》を心配する同僚たちに取り囲《かこ》まれた。本田先生から健次郎たちのけなげな励《はげ》ましをきき、花子先生は今から自分も丸坊主になってもいいと宣言して、金八先生を困惑《こんわく》させた。金八先生は疲れきっていたが、また無菌《むきん》室へ逆戻りとはいえ、今は幸作が持ちこたえてくれたことを感謝したい気持ちでいっぱいだ。今回のことで金八先生もまた、多くの勇気とエネルギーを幸作と教え子たちから贈《おく》られた気がしていた。朝の職員室は幸作の話題で持ちきりだ。そんな様子《ようす》はドア一枚向こうの校長室へも伝わっていたのだろう、新年の挨拶《あいさつ》に現れた千田校長は苦虫《にがむし》をかみつぶしたような顔をしている。

「すぐに私立の入試もやって来ます。気を引きしめて一人の不合格者も出さないよう、がんばっていていただきたい」

「はいっ」

国井教頭が反射的に背筋《せすじ》を伸ばし、校長はきびしい表情を崩《くず》さずに言った。

「そこで提案です。今学期より『朝の十分間読書』を廃止し、その十分間を入試のための補習に当てる」

「たった十分の補習でどんな成果があがるのですか」

皮肉《ひにく》ったライダー小田切《おだぎり》を、校長が威圧《いあつ》的にじろりと見る。

「それは先生方《がた》の努力次第《しだい》です。努力に対しては当然査定《さてい》の評価は上げますよ」

「私は絶対に反対ですっ」

金八先生はまっこうから対立する姿勢だ。校長はそんな金八先生に、またか、というようにちらっと目をくれただけで、ほかの教師たちの方へ向き直った。

「これは校長命令です。来年度からは都立高校の学区は廃止され、どの子も目ざす高校に挑戦できるようになるのです。日比谷《ひびや》、戸山《とやま》などがエリート養成校となれば、本校からもぜひ合格者を出したい」

「それが校長先生の評価にもかかわるからですか」

食《く》い下《さ》がる金八先生に、校長はわるびれる様子《ようす》もなく言い放った。

「その通り」

「そんなものクソくらえです！」

国井教頭がハラハラして、金八先生の袖《そで》を引っ張る。若手《わかて》、中堅《ちゅうけん》の教師たちの目にも校長への反感がくすぶっているが、校長は管理職の権限《けんげん》で彼らを頭から抑《おさ》えつけるつもりらしい。校長は余裕を見せつけるかのように応戦した。

「構《かま》いませんよ。今の言葉はしっかりと覚えておきます」

「私は一校長先生の成績より、子どもたちの国語力と情操《じょうそう》を大切にしたいと言ってるんです」

「あなたは国語の教師だからでしょうが！」

いらいらと声を荒げた校長に金八先生が言い返すより早く、乾《いぬい》先生が口を開いた。

「いいえ、わが家《や》でも家内《かない》が読み聞かせをしています。その結果、子どもが示す興味や関心の幅が広がっていることに感動していますし、かねがね数学の教師として、生徒の国語力の不足が、解《と》けるはずの問題を読みちがえることに、何とかしたいと考えてきました。朝の読書は入試にもプラスします。廃止はお考え直しいただきたい」

「朝練《あされん》のざわついた雰囲気《ふんいき》を引きずって一時間目は着席させるのも困難でした。でも今は十分間の集中読書の習慣がついて、静かに授業に入れるという効果があがっております」

ライダー小田切《おだぎり》も援護《えんご》射撃をする。乾先生を手本に、そして小田切先生を兄貴分と慕《した》っている小林先生は、知らずに知らずに大きくうなずいている。非常勤《ひじょうきん》のポストを得たばかりの小林先生は、教育現場の力関係といったことに疎《うと》く、ただ情熱をもって生徒に接していた。教えることを通して、自分自身が勉強の真っただなかにある彼にとって、桜中学へ来てはじめて目にした「朝の十分間読書」の光景は新鮮で感動的ですらあった。

「私も現代史などやらなかったので、いま勉強中です。校長先生もぜひ、この『そうだったのか現代史』を読んでください。タリバンや中東そのものがすごくよくわかります」

子どもほどの年齢の小林先生にまで諭《さと》されて、千田校長はかっとなった。

「小林先生は常勤のポストをのぞまないんですか」

「それって脅迫《きょうはく》みたいな感じ」

正直な花子先生がぽろっと言った。

「どう受けとろうと自由です。しかし、私はだね！」

これまでにもしきりに十分間読書の効果を校長に直訴《じきそ》してきた国井先生は、黙ってやりとりを見守っている。いつもは校長の側について調停役をかって出る北《きた》先生も、今朝は鳴りをひそめている。金八先生や乾先生といったベテラン教師を中心に全員を敵にまわした観のある校長は、顔は紅潮《こうちょう》させ、その言葉とは裏腹《うらはら》に表情に余裕がない。

「校長先生、保健室においでいただけません？」

「な、なんで私が保健室へ」

「寒い時に血圧が上がると危険です」

本田先生がさも心配そうに言うと、花子先生がくすりと笑ったようである。

「け、健康管理は十分にやっています。大事な提案の腰を折らないでいただきたい」

「今、提案と言われましたね。だったら反対意見をのべることができますよね。十分間読書は続行をお願いします」

金八先生が一歩もひかぬ構《かま》えで再び矛先《ほこさき》を向けた。

「いや、提案というよりは校長命令と思ってほしい。私は着任した以上、この桜中学のレベルをですね……」

「私ごとではありますが、難病とたたかっている私の息子に生きる力を与え、病気と正面から向き合わせてくれたのは、すぐれた闘病《とうびょう》記録です。一冊の本が子どもの生命を励《はげ》ますのです。いいえ、わが子だけではありません。問題児ばかりと言われるわが三Bの生徒たちの中にも、世界的科学者の伝記を読んで、自分も目指《めざ》そうかなとはずかしそうに言うのがいました。下請《したう》け零細《れいさい》工場の子です。エリートを目指してテストの翌日に忘れてしまうような暗記主体のテクニックに力を注《そそ》ぐより、子どもたちに夢を持たせてください。後世、この桜中学からどんな文学者が、あるいは政治家、教育者、スポーツ選手やノーベル賞受賞者が出るかも知れない。そういう夢をわれわれ教師にも生徒にも持たせてください。

得意分野で二十一世紀の世界で通用できる人間を育てさせてください。それにはまず言葉です。言霊《ことだま》です。すばらしい本と出会わせてやってください。お願いします。子どもとは限りない可能性を持っているのです。十分間の節約でその芽をつみ取るようなことがあっては、未来に対する犯罪です！」

現場の教師たちの胸に共鳴する金八先生の言葉も、千田校長の耳だけは素通《すどお》りしていくようだ。わずかに最後の言葉だけが、校長の耳を鋭く突き刺《さ》した。

「犯罪ですって？」

「十分間読書は生徒どうしの、そして親と子の話し合いのもとにもなる効果さえ生んで、全国の実施校は八千校にも達します。廃止するというのは時代への逆行です。子どもの知識欲を奪う権限は、校長先生といえどもお持ちにならないはずです。だから、つい犯罪と口がすべりましたが、そのことについて、どのように評価されても私はかまいません。しかし……」

「わかりました」

「ありがとうございます」

「いや、私が管理・経営の責任を持つ以上は、坂本先生とは意見が食い違いすぎる。つまり、来年度も本校でいっしょにやっていけるかどうか、私も熟慮《じゅくりょ》しなければなりませんな」

そう言って校長はこの話題を一方的に打ち切ると、教師たちの不満そうな顔を睥睨《へいげい》した。

新学期の三Bの教室に、やはり直美《なおみ》の姿はなかった。何か変化があったとすれば、クラスで少し浮き上がっていた儀《ただし》、信太《のぶた》、一寿《かずとし》の距離がぐっと縮《ちぢ》まったことだ。哲郎《てつろう》を介《かい》して繭子《まゆこ》とよく三人でいる政則《まさのり》も、仲間として数えられているらしく、行き帰りの通学路でもこのふしぎな六人の取り合わせが見られた。

硬《かた》かった政則の表情にも時おり笑顔が浮かぶようになり、少しずつ心をひらきはじめた様子《ようす》をそっと眺《なが》めて、金八先生は喜んだ。実際、一寿たちも無口で気が弱いとだけ思っていた政則が火事場で見せた強い一面に驚いたのだった。助けられた儀にいたっては、今までバカにしていたぶん、今度は手のひらをかえしたように政則を信頼しきっていた。個性が強く、他人を頼らない三人だったからこそ、いったん手にした友情の絆《きずな》は強いらしい。政則、政則と信太たちが呼びかけるようになると、三Bの中で影のようだった政則の存在が自然と他のみんなにも認められるようになっていった。

一月十五日、成人の日にちなんで、金八先生は三Bで十五歳の〝立志式《りっししき》〟を行なった。中学を卒業する十五歳は、それぞれがはじめて自分で道を選択していく年でもある。半紙に自分の志《こころざし》（希望）を清書してくるのが、金八先生の出した冬休みの宿題だった。順に前に出て、志を宣言し、黒板に貼《は》っていく。たちまち二十九の個性がずらりと並んだ。自転車狂の一寿の〝ツール・ド・フランス制覇《せいは》〟、少し斜《しゃ》にかまえた美紀《みき》の〝明日は明日の風が吹く〟、周囲にまどわされず受験まっしぐらの陽子の〝唯我独尊《ゆいがどくそん》〟、英語の得意な繭子《まゆこ》は毛筆の英文で〝Take it easy〟、いつも前向きな美保《みほ》の〝初志貫徹《しょしかんてつ》〟、家庭崩壊の悲しさを外に見せずに教室で笑顔を貫《つらぬ》き通した信太の〝お笑い芸人一等賞〟、元気がとりえのスガッチの〝当たって砕《くだ》けろ〟等々。〝金持ちになる〟〝ノッポになる〟などという即物《そくぶつ》的な宣言もある。政則の志は〝自立《じりつ》〟の二文字だった。政則は教え子を殺《あや》めてしまった父親を憎みながら、同時にその罪の一端《いったん》を自分も担《にな》おうとしていた。経済的な理由から進学はせず、中学を出たら働きたいという政則に金八先生は奨学金《しょうがくきん》を勧《すす》めたのだが、政則は自分と父親にはそんな資格はないから、といって拒《こば》んだ。早くに妻を亡くし、痛ましい事件で愛娘《まなむすめ》を亡くし、たった一つの希望である息子の未来までも自分のせいで閉《と》ざされるのだと知ったら、成迫《なるさこ》先生はどんなにか心を痛めることだろう。けれど、政則は頑《かたく》なまでに潔癖《けっぺき》だった。

成美《なるみ》の告白を聞いて以来、金八先生がずっと気にかけている直《なお》の志は〝自分になる〟だった。直は金八先生をまっすぐに見つめて、低いハスキーボイスで宣言した。生徒たちからは何の反応もなかったが、金八先生はまじめな顔で直にうなずいた。一方、儀《ただし》がへたくそな字で清書した半紙をかかげ、〝麻薬《まやく》ボクメツ！〟と叫ぶと、どっと笑いが起こった。皆、警察の標語のような志表明を、儀の悪ふざけだと思ったのだ。それを一寿《かずとし》が一喝《いっかつ》して黙らせた。儀の表情は真剣だった。

「おれさ、親より兄貴を信用していた。うまく言えねえけど、親、忙しかったんだな。だから、ちっこい時から兄貴の後ばかしくっついていた。そんで……」

こみあげてくる涙をやっとのみこんで、儀は話し続けた。

「腕《うで》強くてよ、おれにイチャモンつけたやつは必ずぶちのめしてくれてた。けど、高校に行ってグレはじめて……それでも兄貴が言うように親がおれたちを捨てたからだと思ってた。だから兄貴に言われたら、おれ、かっぱらいでも何でもやったよ。けどさ……」

教室には非行などとはまるで縁のなさそうな顔がいくつもあって、ふと儀は自分がひどく場違いな気がして、ためらった。

「最後まで話せよ、がんばって」

一寿が声援を投げかけ、信太《のぶた》も政則《まさのり》も励《はげ》ますようにこちらを見つめている。その友情に背中を押されて、儀は懸命に話した。

「あの野郎、クスリやってたんだ。売人《ばいにん》はその辺でボーッとした奴をねらってウヨウヨしてるんだぞ。何と言われても絶対に手ぇ出すな。おれは脳味噌がグヂャグヂャになった兄貴、見ちゃったんだ。このおれを殺そうとした。けど、奴はそれだって覚えちゃいねえんだ……。だからよ、その辺の暴走族にやってみないかと誘《さそ》われたら、今、病院にたたき込まれているおれの兄貴を見てからにしろ。よだれ垂《た》らして手も足もブルブル震《ふる》わせて、もう別の人間みてえだ。だから、麻薬ボク滅！」

ぶっきらぼうにそう叫んで儀は席へもどり、ガタンとすわった。

「よく言った、儀。すばらしい志だよ」

金八先生が大きく拍手《はくしゅ》をすると、突然の告白に驚いて静まり返っていた三Bたちもいっしょに手をたたいた。十五歳の立志式《りっししき》は、儀にとって兄からの自立の日でもあった。

幸作は体力が回復してくると、再び無菌室《むきんしつ》へと戻《もど》された。白血球値《はっけっきゅうち》を安定させるために一カ月間の強化療法《りょうほう》を受けるのだ。それに耐えうる体力があれば、その後は一般病棟《びょうとう》に移れるという。また逆戻りかと思うと気が遠くなるようだったが、健次郎たちの励《はげ》ましを胸に、幸作はなんとしても耐《た》え抜く覚悟だった。つらい強化療法の話を聞いて心配そうに無菌室《むきん》を訪れた父親に冗談《じょうだん》を言えるほど、今の幸作は精神的には安定していた。

「この部屋、懐《なつ》かしいだろ」

「アホンダラ。人をさんざん心配させておいて」

「けどさ、おれ、病気の一つには勝ったんだよね」

「ああ、肺炎《はいえん》という大敵にな」

「だからさ、この勢いで悪性リンパ腫《しゅ》にも勝ってみせる」

「おう、そうでなくちゃ、あの丸坊主《まるぼうず》の連中に頭丸めて謝《あやま》ってもおさまらないぞ」

「明日っからの強化療法には、もう髪が抜ける薬は使わないんだってさ。おれの方が早く伸びたら、あいつら泣くだろうな」

「安心しろ。父ちゃんが代わりにいっしょになって泣いてやるから」

「けど、すげえ痛え髄液《ずいえき》注入ってやつがあるんだ、背骨にブチュッ！って」

「それで、もうビビってんのか」

すっと真顔《まがお》になった幸作を金八先生はからかったが、実のところ金八先生も幸作同様におじけづいていた。幸作は唇《くちびる》をとがらせて虚勢《きょせい》をはっている。

「まさか。それより私立推薦《すいせん》始まるんだろ。くたびれた顔して、父ちゃんの方こそ間に合うのかよ」

「だから、これからもう一度学校へ戻って作業続行。かわいい三Bの推薦書に手を抜けるかよ」

「じゃあ、がんばって。おれも精いっぱいがんばるからさ」

幸作の差し出した手を、金八先生は消毒済みの手で握《にぎ》りしめた。


ついに受験の火ぶたが切って落とされる。一番手の私立推薦入試は、健介《けんすけ》、健富《けんとみ》、美紀《みき》、シンバ、香織《かおり》の五人だ。前日、三Bたちは、前に立った五人に向けてエールをおくった。スガッチがめいっぱいの気合いをいれて号令をかけた。

「行くぜーっ　エイエイオー!」

「エイエイオーッ!」

皆が元気よく呼応《こおう》し、大満足のスガッチは感激して言った。

「気持ちいいっ、一度こういうのやりたかったんだ」

そしてその夜、事件は起こった。入試前夜は不安になった生徒から急に電話がかかったりするものだ。金八先生は幸作の見舞いを早めにすませて家に帰っていた。里美先生の遺《い》影《えい》の前にきちんと正座《せいざ》して手を合わせ、まずは五人の推薦《すいせん》入試の成功を頼む。遠くで救急車のサイレンがきこえていた。

そのサイレンの音を、幸作はずっと間近に聞いた。退屈な夜をおしゃべりでまぎらそうと正子とちはるが無菌室を訪ねてきて、自然と話題は入ったばかりの急患《きゅうかん》のことに及んだ。

「家族の人、すごく泣いていた。助かってほしい」

正子は運《はこ》び込まれてきたところを見かけたらしい。

「助かるさ。家族が泣いて応援してるなら、病人は絶対に生きようとがんばる。おれだってそうだったもん」

幸作は答えた。そのとき正子が目にした、悲痛な泣き声をあげていた少女が、三Bの美《み》紀《き》だとは、幸作も正子も知るよしもなかった。

翌朝、朝食をとりながら新聞を開いた金八先生は、小さな記事に愕然《がくぜん》となって、何度も同じ行に目を走らせた。見出しは『証券《しょうけん》マン無惨《むざん》！　自殺未遂《みすい》』とある。柳町三丁目の木村というのは、美紀の父親に違いなかった。

夜の救急車騒ぎと今朝の新聞で、美紀の父親の事件が知れ渡るのは早かった。三Bの私立推薦《すいせん》組の五人は、朝、堀切《ほりきり》駅の前で待ち合わせをしていたが、時間を過ぎても美紀は現れず、みなはゆうべの事件を噂《うわさ》しあった。

「美紀んちの親、飛び降りたんだって」

「しょうがないよね、受験したって親が死んじゃったら、高校行けるかどうかわからないもん」

美紀のとりまきの香織《かおり》や里佳《りか》がそんなふうにあっさりと切り捨てるのを、いっしょにいた健介《けんすけ》たちはなんとなく腑《ふ》に落ちない思いで聞き、結局、四人は予定通りの電車に乗って出発した。

電話で事情を確かめた金八先生がすぐに安井病院へ駆けつけると、ついこのあいだ金八先生が命をけずる思いで祈っていた同じベンチに、美紀が呆然《ぼうぜん》とすわっていた。

「新聞で見て驚いた。おそくなってごめんよ。けど、どうして潮田《うしおだ》高校の推薦をすっぽかすんだ。先生が連絡しておいたから、面接は今からでも間に合うから」

美紀は疲れきって泣きはらした目を金八先生に向けたが、説得の言葉を聞いてもまったく動こうとしない。なおも言い聞かせようとする金八先生を、美紀《みき》はふりはらうようにさえぎった。

「私は行かない、面接なんてどうでもいい！」

「美紀！」

「お父さんは私のせいなんだ、私のせいで……！」

そのまま泣き崩《くず》れる美紀を金八先生はしっかりと支《ささ》えた。

「院長先生に聞いて来た。命はとりとめたと言ってたぞ」

「だからって、お父さんをおいて高校入試へなんか、私、行けない！」

嗚咽《おえつ》し続ける美紀を、金八先生はただ抱きしめてやるしかなかった。

しばらくして美紀が少し落ち着いた様子《ようす》を見せると、金八先生は急いで学校へ向かった。

あたふたと職員室へ駆け込んできた金八先生をじろりと見て、校長がいやみを言う。

「坂本先生、本校では、教師の遅刻は届け出の省略が慣例となっとるんですか」

「まことに申しわけありません。突然事件がありましたので、遅刻は電話での連絡で失礼しました。どうもすみません」

低姿勢の金八先生を、校長は傲然《ごうぜん》と見下《お》ろしている。誰もが知っている昨夜の事件を、知らないふりで通すつもりらしい。校長は入試の始まった日に面倒《めんどう》を起こす三Bの生徒も担任も憎らしかったのだ。

三Bの教室は、朝からクラスメートの親の自殺未遂《みすい》のニュース一色だ。抱《いだ》く思いにはそれぞれに温度差があるのだが、あたりをはばからない声で噂《うわさ》話に熱中しているのは、充《みつ》宏《ひろ》を中心に香織《かおり》、里佳《りか》など美紀の仲間たちである。

「けど悲劇だよ、悲劇。推薦入試のその晩に親が死んじゃうなんて」

恭子《きようこ》が興奮気味《こうふんぎみ》に言うと、充宏は冷たく言い放った。

「美紀がいい気になりすぎてたからよ」

「なんでさ」

「あいつ、なんでも人と差ぁつけたがるからよ。紫蘭《しらん》に行くんだってわめいてたじゃん。潮田《うしおだ》じゃいやだって、きっとオヤジにすねてたんだろ」

充宏の言い方には、美紀に対しては決して見せなかった毒があった。美紀はグループのボスとして充宏の頭をぐっと抑《おさ》えつけていた。美紀が決定し、充宏たちが行動する。充宏は好きで美紀とつるんでいる一方で、美紀《みき》への妬《ねた》みをくすぶらせてもいたのだ。

「お嬢さま学校だもん。あそこ、お金かかるんだよねえ」

恭子《きょうこ》が充宏《みつひろ》の説明をすっかり真《ま》にうけてため息まじりに言うと、スガッチが横から首をつっこんできた。

「かかってもいいから、おれ、女の子いっぱいの女子高へ行きてえ。な、ミッチー」

「アホか、おまえは」

「けど、美紀んち、火の車だったんだって。新聞に出てた」

「どこんちだって、そうなんじゃない？」

新聞やテレビにあふれる不況、リストラといった文字は中学生の頭にも刻《きざ》み込まれている。

「いや、何億って保険金が入るんじゃねえか」

「いいじゃん、いいじゃん！　それ、いいよ」

充宏の思いつきに、スガッチがはしゃいだ声をあげ、たまりかねた賢《けん》が立ち上がるのと政則《まさのり》が叫んだのは同時だった。

「やめろ！　無責任な新聞記事で人の不幸を面白がるな！」

無責任な記事とそれを面白がる連中にさんざん苦しめられてきた政則には、美紀のことが他人事《ひとごと》とは思えない。しかし、話題の輪の中心に立っている充宏は、水をさされたようで面白くない。

「何わめいてんだよ、おまえはぁ！」

「そうだよ、今の美紀の気持ちを考えたら、そんな悪ふざけを言えるわけがない」

すぐさま政則を援護《えんご》した賢を、充宏は斜《しゃ》にかまえて見返した。

「またまた、優等生！」

「ミッチー、おまえは美紀グループじゃないか。レインボーハウスや親に死なれた友だちの学費カンパの話、このまえ、先生から聞いたばかりだろ」

「あれは高校へ入ってからのお話。おれたちにお嬢さん学校の月謝集めるほどの金なんかねえよ」

「金じゃない！　クラスの仲間として美紀をどう励《はげ》ましてやるかだ！」

正義漢の賢は激昂《げきこう》して叫んだ。充宏たちの陰険《いんけん》なおしゃべりに、皆はいいかげん慣れていて、不快に思っても無視する程度で、まっこうから食《く》ってかかったりはしない。しかし賢だけはそれを許さなかった。いや、賢だけではない。賢の正論にひるんだ充宏は気づいていなかったが、憎悪《ぞうお》をこめて充宏たちを凝視《ぎょうし》する、もう一対《いっつい》の瞳《ひとみ》があった。直《なお》の瞳だ。

病院へ残してきた美紀《みき》のことが心配で、金八先生はしばらく考えたのちに直美《なおみ》の家に電話を入れた。

昼前に安井病院へやってきた直美は、いつもの院内《いんない》学級のある階とは別の階でエレベーターをおりた。集中治療室の前のベンチには、石のようにすわったまま動かない美紀の姿があった。

「木村さん……」

おずおずと直美が呼びかけても、美紀は微動《びどう》だにしない。

「大丈夫なの、美紀」

心配になった直美が再び呼びかけると、美紀は緩慢《かんまん》なしぐさで振り向いた。ゆうべからずっと寝ていないのだろう、顔色がひどく悪い。

「坂本先生から連絡があったの。いま学校に来ていないのはおまえだけだから、気がついたものがあったら届けてやってくれって。足りないものがあったら、また言ってね」

呆然《ぼうぜん》としている美紀に、直美は紙袋を差し出した。はじめて美紀の表情が動き、拒《こば》むように手をあげかけたが、力なく袋を受け取った。自分がいじめた相手から同情されるのが、プライドの高い美紀には屈辱《くつじょく》だった。けれど、そっと手渡す直美の様子《ようす》には押しつけがましさはみじんもない。直美はかばんから別の包みを取り出すと、黙《だま》りこくっている美紀の脇《わき》にそっと置いた。

「スープとサンドイッチ。サンドイッチは私が作ったから残してもいいけど、スープはママからで、力がつくから無理してでも飲んでくださいって」

冷えきった心に直美のぬくもりを感じた美紀の目に、みるみる涙があふれだした。うつむいて号泣《ごうきゅう》する美紀を見守る直美の目も、また光っていた。


安井病院には、乙女もちはるもいる。あえて、不登校の直美に使いを頼んだのは、金八先生にとっても賭《か》けだった。直美の優しさに感心し、金八先生はその夜、乙女に話さずにはいられなかった。

「けど、直美はよく頼まれてくれたよ。あの子をいじめてた大将は美紀だったんだから」

「でも、その木村美紀という子……」

「うん、潮田《うしおだ》の一般と都立緑山《みどりやま》のチャンスが残っている。それまでに父親も彼女も立ち直ってくれることを祈るばかりさ」

「やっぱり、リストラ？」

「証券会社も良い時代があったけど、景気が悪くなって、勧誘《かんゆう》したお客に頭を下げてまわる担当にされ、ずいぶんとひどいことを言われたらしい。客の身になれば泥棒呼ばわりもわかるけど、言われる方はたまったもんじゃなかったんだろう」

「いやな時代」

乙女がぽつっとつぶやく。乙女にしてみても今は懸命に勉強するだけだが、いくら夢を持っていても卒業後に社会に自分の居場所を確保できるとはかぎらない。

「乙女、だからこそ、どんな状況の中でも、自分の頭で考え、自分から動き、活路《かつろ》を切り開いていける子を育て上げることが必要な時代なんだよ、今は。そう思わないか」

「うん……そうかもね」

「父ちゃんも負けるわけにはいかないよ」

「え？」

「今度の校長さんさ、負けてたまるか。母ちゃん、おれも幸作もがんばるぞ、応援してくれ」

金八先生は、かつての同志である妻の遺影《いえい》に手をあわせた。

翌々日の合格発表で、健介《けんすけ》、健富《けんとみ》、里佳《りか》の三人が三B最初の合格を決めた。校長は選挙の時の党本部よろしく、麗々《れいれい》しくクラスごとの受験者の名前を書き出した一覧表を職員室にはり出し、合格の決まった生徒の名前の上に赤い造花をつけさせた。落ちた生徒には見向きもせず、合格した生徒をねぎらう校長はいつになく饒舌《じょうぜつ》でにこやかだ。

三Bの教室では直美《なおみ》と美紀《みき》の席がぽっかりと空《あ》いたままだ。直美は金八先生に頼まれて美紀を見舞った次の日も、またその次の日も病院を訪れた。自分を責め、ただじっとすわっている美紀のそばに、直美もまた黙ってすわっていた。そばにいるだけだが、直美のいたわりが美紀には痛いほどわかる。直美の中にそんな優しさやある種の強さがあることを、美紀は知らなかった。そして、心ない悪口を仲間とともにさんざん言いふらした自分を恥じた。あるとき、美紀は直美の横顔をそっと見て、ぽつりと言った。

「ごめんね」

直美の顔にふわっと微笑《びしょう》が広がった。直美は恥ずかしそうに首を横に振って言った。

「お父さん、きっとだいじょうぶだよ」

直美《なおみ》の不登校に終止符《しゅうしふ》を打ったのは、直美を不登校へ追い込んだ当の美紀《みき》だった。お互いの間の和解のきざしが、直美を何よりも勇気づけたのだ。美紀の信頼が直美からいじめられっ子の刻印《こくいん》を消し去り、直美は自分から一歩を踏み出した。

突然の直美の決意を、母親はうれしさと不安の入り混《ま》じった表情で聞いた。翌朝早く、まだ心配顔の母親に小さく手をふって、直美は家を出た。学校へ行く前に病院へ寄ると、二人の祈りが通じたのかどうか、美紀の父親は無事《ぶじ》に集中治療室を出られたという。

「学校、行くの?」

ひさしぶりの制服姿を見て美紀がたずねると、直美はこっくりとうなずいた。

「うん、行くことにしたの。お父さん、経過が良くてよかったね」

「……でも、せっかく、助けてもらったのに」

うつむく美紀は今まで以上に顔色が悪い。

「死に損《そこ》なった、と言ったきり全然口きかないんだ……まるで、頭がこわれてしまったような顔で、別の人みたい。私……」

直美はあらためて怪我《けが》の原因が自殺未遂《みすい》だったことを思い、言葉がなかった。不登校を繰り返してきた直美には、会ったこともない美紀の父親の死にたいという絶望感、虚無感《きょむ》がなんとなくわかる気がする。人一倍気の強い美紀がぽろぽろと涙をこぼすのに、直美の胸は痛んだ。

「だいじょうぶよ、今にきっとよくなる」

「そうだといいんだけど……」

「だいじょうぶ」

新しい出発の日、希望の呪文《じゅもん》のようにそう繰り返す直美に、美紀はかすかな微笑《びしょう》で応《こた》えた。

「ありがとう。そして、ごめんね」

「ううん、私は……」

直美の中の学校をこわいと思う気持ちはいつのまにか完全になくなっていた。冷たい向かい風が髪をあおり、頬《ほお》を刺《さ》したが、冬の光をあびた直美はすがすがしい空気を胸いっぱいに吸い込んで、通《かよ》いなれた土手《どて》の道を走っていった。

直美ががらりと教室のドアをあけたとき、金八先生は朝のホームルームで出席をとりおえるところだった。

「直美……!」

一寿《かずとし》が声をあげ、みながいっせいにこちらを見る。直美《なおみ》が思わず棒立《ぼうだ》ちになったまま動けないでいると、金八先生がにこやかに言った。

「今日はとてもうれしいねえ。直美が元気にこの教室に戻ってきました」

沈黙《ちんもく》を破ったのは、お調子者のチューだ。

「待ってたんだぜ、おれは」

屈託《くったく》のないチューの笑顔と拍手につられて、僕も、私も、と次々に声があがり、直美はあれほどおそれていた教室に思いもよらない笑顔で迎え入れられたのだった。

「よかったね、先生。これで三B全部そろった」

「代わりに美紀《みき》が欠席してるぜ」

恭子《きようこ》が素直に喜ぶと、充宏《みつひろ》が皮肉《ひにく》っぽく付け足す。受験本番が始まる中で、教室で美紀の話題はあっという間に古びたものになり、ボス不在の美紀のグループでは充宏が道化《どうけ》役からリーダーへ昇格したようだ。増長《ぞうちよう》した充宏の言動はだんだん傍若無人《ぼうじやくぶじん》なものになっていた。けれど、金八先生の答えは充宏だけでなく、クラス全員をも驚かせるものだった。

「いや、美紀ももうすぐ来るでしょう。お父さんはだいぶんよい方に向かってるって、直美が教えてくれました。直美はずっと美紀を励《はげ》ましに行ってくれてたんだよ。それと、直美が帰って来てくれた理由、私は直接、直美からみんなに話してほしいと思っています。さ、元気よく」

金八先生にうながされて前に立った直美は、緊張した様子《ようす》で頭を下げた。

「私、みんなに心配かけて、ごめんなさい」

「全然。心配せえへんかった奴もいたから、あやまることなどあらへん」

信太《のぶた》が充宏たちをあてこすった。視線がからみあい、たちまち弾劾《だんがい》裁判が始まりそうなのを、金八先生が制した。

「ま、ま、ま、直美の決意表明を聞きましょう」

「私が休んでいる間、勉強が遅れないようにと、ノートをファックスしてくれた人がいて、私、すごくうれしかった。だから私、今度は美紀のためにノートをファックスしてあげようと思って。それには学校に出て来なければいけないから」

直美が、細いがしっかりした口調《くちょう》でそう言い終えると、奈美《なみ》がため息をついた。

「すごい。かっこいいよ、直美」

「そうなんだぁ。私は美紀のグループじゃないし、受験のことで頭いっぱいでそこまで気がまわんなかった。ダメだなあ、私って」

学級委員の美保《みほ》がしきりと反省している。三Bのほとんどが直美《なおみ》の味方につき、旗色《はたいろ》の悪い香織《かおり》や充宏《みつひろ》は、逆に被害者のような顔で突っかかった。

「それじゃあまるで私たちがダメッ子だったみたいじゃん」

「そうだよ。美紀《みき》だってオヤジが変なことしちゃってよ、今は来てほしくないだろうからおれたちは遠慮《えんりょ》してたのにさ」

「こらこら、誰がいい子で悪い子と言ってるんじゃありません」

すぐにうるさくなるのを再び金八先生はたしなめ、以前、直美に手渡した本をかかげた。

「タイトルは『生きてていいの?』。そんなことは人に聞くことじゃないし、人間生きてていいに決まってるでしょう。でもね、いじめで自信のすべてをなくした子が立ち直ってゆく記録でもある本です。それを直美がしっかりと読んでくれたんだね。この藤野知美さんもね、机の上に〝おまえが生きているから、地球にクラスに平和が訪《おとず》れないのだ。皆のことを思ったら、早く死ぬのが礼儀だろ〟というなぐり書きを置かれたそうです」

「直美もそんなことやられたのか?」

かっとなる賢《けん》に、すぐさま後ろの席から充宏の抗議がとんでくる。

「やってねえよ、おれたちは！　なぁ、直美」

「小学校の時、死ねと言われたことある」

直美がぽつりとそう答えるや否《いな》や、今度は平八郎がガタンと椅子《いす》を蹴《け》って立ち上がった。

「誰だ、そいつは！　この中にいるなら立って謝《あやま》れ！」

「ううん、そういうことじゃないの。私、この本を読んで、私は死ねと言われるのがこわくて逃げてばかりいたというのがわかったの。この人、逃げるかわりにすごくいっぱい詩を書いて、それが一つひとつすごくて、ちゃんと大人《おとな》の人とも話をして、だから私もそうしようと思いました」

直美が自分のことをこれほど長く話すのを聞くのは、三Bたちにとっても初めてのことだ。静まりかえる教室で気おくれしながらもなんとか直美が話し終えると、金八先生は笑顔で拍手《はくしゅ》をおくった。

「それで、少し遅めの直美の立志宣言は？」

直美の取り出した半紙には、しっかりとした楷書《かいしょ》で『希望の日』とある。終始《しゅうし》、無表情に黙っていた直《なお》が食い入るようにその字をみつめている。

「いいぞ、いいぞ、かっこいいぞ！」

「もう！　チューがうるさいから直美《なおみ》は席に戻っていいよ」

チューがやんやと盛り上げるのに苦笑しつつ、金八先生はようやく直美を解放した。席に戻りながら直美は、いちばん気にかかる直《なお》をちらりと見やったが、直はそっぽを向いたままだ。

こうして無事《ぶじ》、直美をクラスに迎え入れた後は、明日はいよいよ都立推薦《すいせん》入試の願書提出だというので、三Bでは恒例《こうれい》のエール交換だ。

金八先生は残った側の生徒をぐるりと見渡し、突然、哲郎《てつろう》を指名した。

「そうだ、哲ちゃんにやってもらおう」

哲郎は驚いて今にもパニックに陥《おちい》りそうだ。そんな様子《ようす》を見て、チューが無遠慮《ぶえんりょ》に嘆《なげ》いた。

「やだよぉ、哲のエールじゃ受かるもんも落ちちまう」

「こら！　最後までちゃんと聞きなさい。政則《まさのり》が哲ちゃんをサポートしてくれるから大丈夫です。これは受験前日心得《こころえ》で作っておいたのだけれど、ちょうどいいや」

そう言いながら、金八先生は黒ぐろと大きな字で『虚心坦懐《きょしんたんかい》』『沈思黙考《ちんしもっこう》』と書かれた二枚のボードを黒板にはった。

「『虚心坦懐』は、哲ちゃんみたいに余計なことは考えず、すっきりと事《こと》に向かう心で、『沈思黙考』は政則だよ。がたがた言わずに黙ってしっかり考える力。この二人がそろえば鬼に金棒《かなぼう》だ」

「がんばって！」

「うん」

繭子《まゆこ》の応援に答えはしたものの、哲郎は困った顔で政則の方を振りむいた。

「僕といっしょに手を挙《あ》げてくれたらいい」

政則が大丈夫というようにうなずくと、哲郎の目からおどおどした色が消えた。

一寿《かずとし》、信太《のぶた》、儀《ただし》の戦友もまた、目で哲郎にエールを送っている。

「都立推薦《すいせん》受験の三年Ｂ組諸君の合格を祝って、エールを送る」

政則の合図《あいず》で、哲郎はいっしょに拳《こぶし》を突き上げた。

「エイエイオーッ！」

「エイエイオーッ！」

その日の夜、金八先生は幸作の部屋へ寄る前に、美紀《みき》を呼んでいっしょにロビーの椅子《いす》にすわった。美紀は、直美からのノートのコピーを大事そうに受け取ったが、金八先生が差し出した都立推薦の願書《がんしょ》には首を横に振った。

「いりません」

「どうして？」

「受けても、私、高校へ行けるかどうか分からない」

「どうして？」

「お父さんの入院、長びきそうだと、お母さんが……」

意識は戻ったが、人が変わったような父親の様子《ようす》がショックで、美紀には目の前の受験を考える余裕はなかった。

「それは、お気持ちのダメージは大きいだろうさ。けど、いつか、必ず元気になってよかったと思われる日が来る。美紀があきらめたみたいなことを言うのは早すぎるんじゃないのかい？」

「けど」

口ごもる美紀を金八先生はけんめいに励《はげ》ました。

「美紀のショックが大きいのもわかる。けど、希望を先につなげないでどうするんだ。

緑山《みどりやま》は美紀の推薦合格圏内《けんない》なんだから、がんばれ。美紀のそのがんばりが、必ずお父さんの立ち直りの力になると私は思う。ここで美紀が足ぶみしてしまって、どうするんだ」

美紀の迷う表情を見ると、金八先生はさらに強く説得《せっとく》した。

「とにかく明日、願書を出しに行きなさい。お父さんが心配なんだろうけれど、お医者さんとお母さんにまかせる。私と息子もそうだけれど、病院に張りついているだけでは何も生まれない。自分にできることを精いっぱいやるのが病人を励ます一番の道なんだよ」

ようやく美紀が封筒《ふうとう》を受けとると、金八先生はいたわるようにその肩をそっとたたいてやった。

翌朝、美紀《みき》はその封筒を胸に駅へ向かった。しかし、駅の周りにすでに集まっている桜中学の制服の群れを見ると、美紀の足はすくんだ。賢《けん》や平八郎、陽子らの青嵐《せいらん》組、美紀といっしょに緑山《みどりやま》を受ける正臣《まさおみ》と奈津美《なつみ》の姿も見える。見送りに大森巡査が来ていて、いちいち声をかけていたが、遅れてきた美紀に気づくと大声で呼びかけてきた。

「コラーッ、何ぐずぐずしてんだ、いそげーっ」

クラスメートの目がいっせいにこちらを向く、と思った瞬間、美紀はくるりと背をむけて走り出していた。イヤだ！　イヤだ！　イヤだ！　美紀は無我夢中《むがむちゅう》で走り続けた。

商店街の近くまで来てようやく走るのをやめた。うつむいてのろのろと歩いていると、品出しをしていたスーパーさくらの明子に声をかけられた。

「ちょっと！　木村さんだろ、お父さんの具合《ぐあい》はどうだい？」

美紀はびくりとなり、顔をそむけるようにしてまたも逃げ出した。父親の自殺未遂《みすい》を噂《うわさ》するひそひそ声が街《まち》のいたるところから吹き出し、追いかけてきた。

美紀が願書《がんしょ》を出さなかったことを知った金八先生は、その夜、再び美紀のもとを訪《おとず》れた。理由を問いただしても、美紀は横を向くばかりだ。

「美紀、ちゃんと先生の目を見て答えなさい、昨夜はわかってくれたはずなのに、なんで願書を出さなかったの？」

目を伏せて黙りこくっている美紀の唇《くちびる》の端が強情《ごうじょう》そうに曲がっている。金八先生の声はだんだんきびしくなった。

「言いわけは聞かないよ。お父さんはだいぶん落ち着きを取り戻されたそうじゃないか」

「だからって、他人はやっぱ死に損《そこ》なったという目で見るに決まっている」

「それがこわくて、美紀は願書を出しに行かれなかったというわけか」

言い当てられて、美紀はもがくように叫んだ。

「みんな無責任なのよ！」

「みんなって、誰と誰だ？」

「お父さんの仕事、大変だったのはわかる。けど、家族のことも考えないで、自分だけ死んで、残される家族のことはどうでもいいなんてひどすぎる。それも試験の前の日に」

「そういうお父さんが許せないということかい？」

「だって……」

「自分の体面《たいめん》だけを考えるんじゃないっ！　お父さんが未遂《みすい》事件を起こすまでに、どれほど苦しみ、どれほど思いつめられたか、おまえにはわからないのか！」

金八先生は思わず声を荒げた。

「先生にはわかるんですか」

反抗的ににらむ美紀《みき》の目を、金八先生はまっすぐに見返した。

「わかるさ。家族の支《ささ》えがなければ、大の大人《おとな》だって足もとから崩《くず》れて行く思いがするだろうと、それくらいはわかる。お父さんを許せないと言って、まさか美紀は、あのまま死んでくれた方がよかったとでも思っているのなら……」

「そうは言ってない！　そんなふうには思ってない！」

「だったら、なんで私のせいだと美紀は泣き叫んだんだ？」

「それは……」

泣くまいとして美紀の顔が苦しげにゆがむ。

「それは？」

「……私が、いい子じゃなかったから」

やっとそう言うと、はりつめていた糸がぷつんと切れたように、美紀は顔をおおって泣きじゃくった。金八先生はそんな美紀をじっと見つめ、やがて静かに言った。

「だったら、いい子になってください。いい子じゃなかったと自分のことがわかっているのなら、いい子になるんだよ、自分のために、お父さんのために」

泣く美紀に寄り添ってやる金八先生の声は、今や赤ん坊をあやすように優しかった。

「いいね、美紀は一人じゃないんだ、お母さんも必死に看病《かんびょう》してらっしゃる。美紀がそばにいてくれただけで心強いと言っておられた」

美紀のすすり泣きはだんだん静かになり、激しくゆれていた肩も動かなくなった。

「……わからんちんを言ったら、いつでも怒鳴《どな》りつける担任がここにいる。おまえにいじめられたけど、おまえのことを心配している直美《なおみ》もいるじゃないか。高校のことは奨《しょう》学《がく》金制度もあるし、働きながら行けるところもある。今、美紀が他人の目を気にして、意《い》地《じ》張って受験をすっぽかしたら、一生、ご両親に負《お》い目を抱《いだ》かせて、美紀もまた後悔《こうかい》を抱《だ》いていかなきゃならないんだよ。それもわからないのかい？」

ようやく落ち着いてきた美紀は、今度はしっかりとかぶりを振った。金八先生はほほえんで、そっと美紀の上体《じょうたい》を起こしてやった。

「みろ、やっぱり美紀はいい子じゃないか、素直《すなお》に人の言うことを聞く耳持っているんだもの、な」

プライドを傷つけられるのを恐れるがゆえに強がっていた仮面を脱《ぬ》ぎ捨て、美紀《みき》ははじめて素顔《すがお》のままで金八先生の胸にしがみついて泣いた。

都立推薦《すいせん》入試では、哲郎《てつろう》と政則《まさのり》の気合いの入ったエールも虚《むな》しく、惨敗《ざんぱい》組が相次いだ。開栄《かいえい》ねらいでクラス一のガリ勉の陽子が、すべりどめのつもりだった青嵐《せいらん》をすべった。ショックを受けた陽子は推薦書の書き方が悪かったのではないかと金八先生に食《く》ってかかったあげく、頬《ほお》に涙のあとを残したまま早退《そうたい》した。青嵐組は、あかねのほかは賢《けん》も平八郎も美保《みほ》も桜散った。緑山《みどりやま》受験では正臣《まさおみ》が志望通り合格した一方で、カップルの奈津美《なつみ》の方が落ちてしまい、いっしょの高校へ行く行かないでもめ、早くも別れ話にまで発展していた。また、英語の実力ではクラスでも二番手を遠くひきはなしてトップだった繭子《まゆこ》も、予想に反して落ちた。がっくり肩を落として帰って来た繭子に慰《なぐさ》めの言葉も見つからず、政則と哲郎がそっと寄り添っていると、繭子が二人の気持ちを察して謝《あやま》った。

「ごめんね。今、私、どういう顔したらいいのかわからなくて……」

「ボクが、泣く」

哲郎が不器用《ぶきよう》に言う。繭子はそんな哲郎にほろりとし、政則もまた哲郎の肩を抱いてやりながら、繭子ではなく哲郎を励《はげ》ます形になった。

「だいじょうぶだよ、今度の試験はリハーサルだから。一般入試の時、繭子は一発で受かるから」

「そうよ、マユはがんばるから、哲ちゃんはそんな泣きそうな顔をしないで、ね」

なぜか哲郎を慰めながら、繭子はいつものペースを取り戻した。職員室では、私立推薦の発表の時以上にうきうきと職員室に待機していた校長が、張り出した受験者一覧パネルに思ったように花が増えないので、ヒステリーを起こしていた。

十五歳の受験戦士たちの戦いが続く一方で、幸作は強化療法《りょうほう》の痛みにうめき声をあげる日もあったが、ゆっくりと確実に快方へ向かい、また、美紀の父親が退院していった。それと同時に美紀が教室に復帰して、三Bはこれでひさしぶりに三〇名全員が顔をそろえた。

もともと弱肉強食《じゃくにくきょうしょく》の論理で成り立っていた美紀グループの人間関係は残酷《ざんこく》なもので、かつて仲間を絶対服従《ふくじゅう》させていた美紀がしばらくぶりに学校へ出てきたときには、すでに充宏《みつひろ》たちとの力関係は逆転していた。美紀《みき》が以前、直美《なおみ》や政則《まさのり》、直《なお》に向けた陰湿《いんしつ》な言葉を、今度は美紀が浴《あ》びせられる番だった。そんな屈辱《くつじょく》から美紀を救ったのは、皮肉《ひにく》にも直美の存在だ。美紀は徐々《じょじょ》に以前の友人を離れ、直美をまじえて新しい友だちをつくっていった。

推薦《すいせん》入試が終わり、私立一般入試まで残された時間は短い。賢《けん》は雪辱《せつじょく》を果たすべく、毎晩遅くまで最後の追い込みに励《はげ》んだ。単調な受験勉強のBGMは、メル友のyesterdayから贈られた曲だ。賢は勉強の合い間にyesterdayあてにメールを送った。

——yesterdayへ　実はおれ、東京の中学生。おまえはどこの中学生だ？　どっちにしても受験で頭いっぱいだと思う。がんばってとりあえず、目標の高校を攻略しようぜ。お互い高校生になったら会うことがあるんじゃないかな。その時はいろんなことを話そう。そんじゃエールを送る。がんばれ、高校入試！　Haseken

自分では外国への留学を決めている直には、日本の高校生になるつもりはさらさらない。あと二カ月ほど、身をかがめ、息をつめるようにして自分を偽《いつわ》って過ごせば、もう二度とスカートなどはいて〝女装〟することはない。なるべく早く日本を出て、本当の自分になりたかった。けれど、賢が推薦入試に落ちたことを知っている直は、祈りをこめて返信した。

——Hasekenへ　おれは横浜の中三。がんばれ高校入試。合格を祈る　Yesterday

ついに私立一般入試の本番を迎え、現役三Bたちが試験問題と格闘《かくとう》している頃、幸作は念願《ねんがん》の許可が出て久しぶりに外の空気を吸った。

「……何日ぶりになるんだろう、外に出られたのは」

見舞いに来た健次郎と連れ立って病院の屋上に上がると、幸作はしみじみと空をあおぎ、降《ふ》り注《そそ》ぐ陽光に目を細めた。最近、刈《か》り立ての芝生《しばふ》のように髪が伸び、眉《まゆ》も以前のように濃《こ》くなって、幸作は鏡をのぞくのが楽しみだ。伸びるの早いな、と健次郎が言うと、これに毛はえ薬も入ってるからと言って、幸作は常にそばにぶら下がっている点滴《てんてき》の袋を指差した。病院の屋上からは土手《どて》の通学路と、遠くに桜中学の校舎が半分見える。健次郎がふとなつかしそうにつぶやいた。

「三Bの連中、今ごろ、がんばっているだろうなぁ」

「あん時、健次郎はがんばって開栄《かいえい》を合格してたのに、ふいにしちゃって残念だったよな」

「バカいえ、おかげでおまえと同じ青嵐《せいらん》の制服を着られたんじゃないか」

健次郎は笑って幸作のわき腹をつついた。

「うん、けどおれは二年、留年だよ。おまえに三年生ヅラされるのはたまんねえな」

「ぜいたく言うな、このバカ」

正月の緊急《きんきゅう》入院の頃を思うと、今、ここにこうしていられるのが信じられない気がする。青空に飛行機がすうっと白い線をひいていった。

「少し寒いんじゃないか」

心配する健次郎に、幸作は首を振った。

「いや気持ちいい。とっても、うめえよ」

「え？」

「外の空気」

「……うん」

「おれ、今までこんなにうまいもん、食ったことねえよ。おれ、本当に今、生きてんだなって思う」

そう言って幸作がしきりに口をぱくぱく動かすと、健次郎は声をあげて笑い出した。

「よーし、おれも食う」

ぱくぱくぱく。

「まるで、金魚だ」

ぱくぱくぱく。

「金魚もかわいいけど、でっかく生きるにはやっぱ鯨《くじら》だ」

健次郎がそう言うなり、これ以上はできないというくらい口を大きくあけた。

「おまえ、それでよく青嵐が受かったな、鯨は背中で息をするんだ」

幸作に手で背中をぐりぐりとくすぐられて、健次郎が身をよじる。

「よせよ、くすぐったいじゃないか！」

「よーし、お前も生きているってことだ」

「ああ、おれは今、幸作といっしょに生きている。空気食ってな」

「無菌《むきん》室のよりうめえ」

「集中治療《ちりよう》室のよりうめえ」

「あの雲、食ってやる」

「おれは、あの空ごと食ってやる」

口を動かし続ける幸作と健次郎のまわりを新鮮な風が吹きすぎていく。生きている実感で二人はすっかり満腹《まんぷく》になった。


合格発表の日は、校長が朝から開栄《かいえい》、開栄と騒いでいた。千田校長にとって自分の学校から開栄合格者、ひいては東大合格者を何人出すかということこそが、校長としての価値を表すものだったのである。その目の色の変えようは、北先生ですら閉口《へいこう》して校長のそばを逃げ出したくらいである。しばらくすると職員室には、合否《ごうひ》を知らせる電話が次つぎとかかりはじめ、入学手続きの書類を持った、あるいは手ぶらの生徒たちが帰って来た。笑顔で戻る生徒が多い中で、なぜか合格確実と思われていた繭子《まゆこ》、賢《けん》の受験番号はなく、さすがに賢も蒼《あお》ざめていた。繭子は職員室へ戻ってくるなり、英語のアシスタント・ティーチャーのジュリアの胸で泣き崩《くず》れた。

しかし、教師たちが戻った生徒を慰《なぐさ》めたり、ねぎらったりしているのにかまわず、校長は苛立《いらだ》ちをむき出しに金八先生に詰《つ》め寄った。

「三Bの開栄はまだですか」

「風見陽子はまだのようです」

「彼女がだめなら、今年の本校は開栄全滅ということになるんですよ。A組もだめ、C組も口ばっかりで、まったくもって私の立場はどうなるのですか！」

校長の剣幕《けんまく》に乾《いぬい》先生はちらりと冷たい一瞥《いちべつ》をくれ、北先生は首をすくめてあやまった。

「まことに申しわけありません」

「ああもう！　だめならだめだと連絡もしないような生徒は、始めから受けさせなければよかったんだ。まったく開栄全滅などと不名誉なレッテルを貼《は》られる校長となる私の汚名《おめい》は……」

校長がヒステリックに叫びはじめたとき、陽子が現れた。念入りに化粧《けしょう》をほどこし、花のような笑顔で別人に生まれ変わった陽子は、まっすぐ金八先生の方へ歩み寄って言った。

「先生、ありがとうございました。合格しました」

「そうか、おめでとう」

すると、祝福《しゅくふく》する金八先生を突き飛ばす勢いで校長が割り込み、陽子の両肩をたたきまくった。

「よくやった、よくやった！　きみはこの桜中学の希望の星です。ありがとう、ほんとにありがとう！」

まるで頬《ほお》ずりせんばかりの狂喜に恐れをなして、陽子は思わずその手をふりはらった。けれど、そんなことにはおかまいなく校長はうっとりと陽子を見送り、小田切《おだぎり》先生に命じた。

「バラです！　開栄特大のバラ！」

こうして、受験者一覧の陽子の名前の上には、合格を現すひときわ大きな造花がつけられた。しかし陽子は、三Bの教室で、その造花のバラよりもずっと大きなクラスメートの祝福を手にいれた。嫌われ者を自認しながら、すべてを捨てて受験にかけてきた陽子にとって、それはうれしい驚きだった。

一方、繭子《まゆこ》は、政則《まさのり》をそっと階段の踊り場へ呼び出した。励《はげ》ましの言葉も嘘《うそ》っぽくなってしまいそうで政則が困っていると、せっぱつまった表情で繭子が切り出した。

「ICUの高等部、どうしても行きたかったけど、だめだった。だから、もう後がないのよ。都立の晴海《はるみ》総合も倍率高いし、哲ちゃんのことまでは面倒みきれないの、だから……」

政則は余裕のない繭子の顔を見て、それ以上は聞かなかった。

「わかった。大丈夫だから、がんばれよ」

政則の後を追ってきてその会話を耳にした哲郎《てつろう》は、そのまま階段の陰でかたまってしまった。受験校の名前も繭子の破れた夢のこともぴんと来なかったが、自分が繭子にとって邪魔《じゃま》であること、繭子が一時的にしろ自分を捨てていこうとしていることははっきりとわかり、絶望が哲郎の胸を一突《つ》きにした。

金八先生は教室へ戻ると、一同の顔を見渡した。晴れ晴れとした顔と、打ち沈んだ顔が並んですわっている。

「勝敗は時の運、というと他人事のように聞えるかもしれないけれど、その日のために努力したという事実は絶対に無駄《むだ》にはなりません。ある時、ふと振り返って、ああ中三の時の自分はみんなといっしょに本当にがんばったなぁと感動してしまう日が、チューにも賢《けん》にも美紀《みき》にも必ずありますよ。一夜漬《いちやづ》けで入試が終わったとたん、脳みそからきれいさっぱり消えてしまう勉強より、一日一日を確かに努力して身につけたものが君たちの生涯の財産になります。このあとの都立一般を本命《ほんめい》にしているものは、焦《あせ》りまくらないこと、目標はひとつ、陽子のように、自分はあきらめないぞという自信と闘志《とうし》を持ち、持てる力はけちらず全開すること、その時は、三B全員の顔が輝きに満ちるはずです。それにはまず今夜はぐっすり眠る。明日から仕切り直してすがすがしく再び歩き出す。それが絶対にできるのが三Bの面々《めんめん》だと、私は信じているからね」

帰りのホームルームが終わると、合格組は晴れやかに歓声《かんせい》をあげながら帰っていく。繭《まゆ》子《こ》は廊下で待つ哲郎《てつろう》に目もくれず、そそくさと一人で歩いていった。先に行く繭子の背中を見ないようにと、哲郎は土手の下の道を選んだ。哲郎の裏切られた思いを感じながら、政則《まさのり》はその横にぴったりついてゆっくり、ゆっくり歩いていく。みるみる繭子の姿は遠のき、やがて他の生徒たちの影も見えなくなった。

スーパーさくらの配達車に乗って通りかかった利行《としゆき》と明子は、水辺《みずべ》に二人の制服の少年を見つけると、車を停《と》めて目をこらした。一人がむきになって石を投げているようだ。

「何してんだ、あの子たち？」

「サクラ散ったくちかもしれないけど、二人いれば大丈夫。いっしょにドボンはないだろう」

「そうだね」

利行は再びエンジンをかけなおした。

冷たい水面に無言で小石を投げ続ける哲郎につきあって、政則は小石を拾って渡してやっていた。哲郎は一つ投げては振り返っていたが、ふいに政則を見て安心したように笑った。政則の顔にもおだやかな微笑《びしょう》が浮かんだ。

Ⅲ「本当の自分」を求めて

一人でメンタル・クリニックを訪れた直は、立石医師に対し、性転換の手術を受けたいと申し出る。しかし医師は、それには長い時間と準備が必要だと答えた。

泣くも笑うもあたりは受験一色という中で、三Bにはその輪からこぼれ落ちた顔もいくつかある。留学希望の直《なお》がそうであり、調理師見習いになろうという儀《ただし》、働きながら定時制高校へ進むつもりの政則《まさのり》、単位制高校へ行くつもりの一寿《かずとし》、信太《のぶた》などは必死の受験勉強とは無縁《むえん》だ。けれど、彼らは彼らなりに、偏差値《へんさち》や消去法によって漠然《ばくぜん》と進学を決めた級友たちにはない大きな決意と悩みを抱いていた。一寿の道はとにかく、ツール・ド・フランスの夢をめざして一直線だったから、朝晩の自転車での新聞配達は欠かさず、日々熱心にトレーニングに励《はげ》んでいた。惣菜屋《そうざいや》「いまい」を継ごうと決めた儀は、今では翌日の仕込みを手伝ったり、鍋《なべ》を洗ったり、また、父親から包丁《ほうちょう》さばきを習ったりしている。具体的な目標の見えてきた最近の儀の表情はなんとなくすがすがしく、金八先生は時間を見つけては励ましの声をかけた。

儀のアパートには、冬休み以来、信太がよく入りびたっていた。そして政則は、学校で仲間らしきものができたとはいえ、重すぎる心の重荷《おもに》を隠して暮らすストレスに押しひしがれていた。癒《いや》されることのない痛みとともに父や姉のことを思わない日はなく、寝ても覚《さ》めても悪夢と同居しながら、政則はそれでも少しずつ自立の道を模索《もさく》している。その政則にもまして、神の手違いともいえる宿命に生きる問題を抱えた直の孤独は深い。

受験シーズンも本番に入ると、何かと人数がそろわず、自習の時間も増える。一方で、ケナフの仕上げや謝恩会の準備など、最後の共同作業もすすめられていた。二学期の終わりにもめたものの、直はきちんと学校へ出てきていたが、その表情は思いつめたように暗かった。復帰した直美《なおみ》とも目をあわそうとしない。直美は心配してそっと金八先生に直のことをたずねたが、金八先生もまた直美と同じように直を見守っているだけで、実際のところどう手をさしのべたらいいのか、見当すらつかないのだった。本田先生も金八先生も、本を読みあさるにつれ、直を苦しめているのが性同一性障害《せいどういつせいしょうがい》といわれるものなのだと確信し、同情を寄せたが、かといって女生徒としてなんとか学校生活を送っている直におまえは本当は男なのかと聞くことははばかられた。金八先生は迷っていた。

「今の日本では、その子にとって私は留学に賛成だわ」

金八先生から事情を聞いた乙女は言う。

「それでは異質なものを追い出すことになるじゃないか」

「そういうことじゃなくって、その子が自由な心をのびのびと育てられる方がいいと思う」

たしかに直が、日本よりははるかに偏見《へんけん》が少なく、性転換法などによってトランスセクシュアルの人びとが合法的に守られているオランダやドイツに生まれたのであったら、直《なお》はこれほど苦しまずにすんだろう。日本ではようやく性別適合手術《せいべつてきごうしゅじゅつ》が行なわれ始めたばかりで、それには莫大《ばくだい》な費用がかかるらしい。またたとえ手術を受けられても、戸籍《こせき》を変えられない限り、直のような人間には生きにくい社会であることに変わりはない。直が日本を離れるしかないとしたら、この国で直の最も身近にいる自分も三Bたちも、直にとっては何の力にもなれない存在だということになる。

――私は厄介者《やっかいもの》だから。

口数の少ない直が、面談の時、ぽろりとこぼした言葉を思い出して、金八先生はうなった。

「だけど、日本でもできるようになったわけだし、障害というならその時は保険だって使えるようになるんでしょう?」

未来の教師である乙女は、金八先生よりは多少楽観的だ。

「養護の坂本乙女先生、将来、こういう子に出会ったら、乙女先生はどういうふうにフォローする?」

「正直言ってわかんない。でも、まずはあるがままに受けとめたい。そこからいっしょにたたかっていく」

「そうかあ……性同一性障害《せいどういっせいしょうがい》はまだたたかいの段階なのか……」

「そう、小さな差別をひとつひとつ退治《たいじ》していくことから始めるのが大事だと思う」

「うん」

金八先生の考えもまた乙女の意見と変わりはない。けれど、実際には差別を退治するどころか、差別を隠蔽《いんぺい》することにしかなっていないのが、金八先生をとりまく今の状況だった。直を追いつめまいとするあまり、教室の金八先生はどうしても曖昧《あいまい》な言い方しかできない。直の目にはそれが、逃げや問題のすり替えとして映《うつ》っていてもしかたなかった。

どこにいても直は人の気持ちを混乱させる異質な存在だ。実の母親にとっても、そして父親にとっては我慢ならないほどに。自分が男の子だと何の疑いも抱かなかった小学生の頃はまだよかった。直は男の子の遊び仲間の間でもとりわけ活発だった。けれど、成長するにつれ、仲間は〝女子〟である直から離れていった。かといって、女子のグループに入ろうとは思わない。友だちから教師にいたるまで、直が口を開けば、〝女らしくない〟〝おとこ女〟とからかい、ののしった。直はだんだん寡黙《かもく》になった。体が変わっていくにつれ、混乱は深まり、直を縛《しば》る孤独の縄《なわ》はぎりぎりと身に食《く》い込んでくる。胸のふくらみをきつく巻いたさらしでつぶし、いまわしい月経血《げっけいけつ》を流す腹部《ふくぶ》を打ちつけたが、無駄《むだ》な試みだった。自分の体を痛めつけるように走り続け、パンチングボールを叩《たた》き、疲労で何も考えられなくなるとき、やっと直《なお》はほんのつかの間だが理不尽《りふじん》な苦しみから解放されるのだった。自分で自分をねじふせる不毛《ふもう》なたたかいに疲れきった直は、〝本当の自分〟になる道を探すしかない、と悟《さと》った。それが直の、十五歳で立てた志《こころざし》だ。直の気持ちに母親の成美《なるみ》と金八先生はかすかに理解を示してはくれたが、直を導《みちび》いてやれる力はとうていなかった。直は苦しみながら、唯一《ゆいいつ》の心の友である賢《けん》にメールを打った。

——Haseken、おまえの意見を聞きたい。受験前だというのにクラスがトラブった。男だか女だかわからないやつが一人いる。彼は、つまりどう見ても男子なんだが、実は自分は女で、体だけ男に生まれてきてしまったというんだ。おれってやさしいとこがあるみたいで打ち明けられたんだが、そんなことってあるのだろうか。やつの信頼にこたえられない自分がちょっとつらくて。　Yesterday

賢が助けてくれると思ったわけではない。ただ、誰かに話をきいてもらいたくて打ったメールだった。ところが、賢からはすぐに思いがけないメールが打ち返されてきた。

――Yesterday へ。うちのクラスも入試前でなんだか落ち着かない。ところでおれのオヤジは弁護士さんで、性別適合《せいべつてきごう》なんとかというそうだけれど、手術して本当の自分の姿になった人の戸籍訂正《こせきていせい》という裁判に関係しているらしい。電話を耳にした程度で、おれはよくわかんないけど、それで悩んでる人はかなり多勢いるらしいぜ。オヤジに聞いてみるよ。その友だち、おまえを信頼しているんだと思う。力になってやれ。そんじゃ、またな。 Haseken

「戸籍を変えてくれる弁護士さん……!」

パソコンの前にすわる直の瞳《ひとみ》は輝いた。それは、直の息苦しい生活にはじめて希望を与えてくれた言葉だった。

放課後、ぶらついて時間をつぶし、信太《のぶた》はなるべくゆっくりと家へ帰る。以前とは打って変わってきちんと片付いた家の中は、しんと静まりかえっている。

「ただいまぁ……」

誰《だれ》にともなく言いながら二階の自分の部屋に入ると、机の上に自分のノートやらエリカの幼い絵やらが散らばっている。エリカが突然本当の妹になってからは、信太《のぶた》の中にはどうしてもわりきれないものがあり、以前のように屈託《くったく》なく遊んだり、面倒《めんどう》を見たりしてやることはなくなった。それでも、エリカは信太を慕《した》って、信太の留守中はもっぱら信太の匂《にお》いのするこの部屋で遊んでいるらしいのだ。小さな闖入者《ちんにゅうしゃ》の狼藉《ろうぜき》に信太は眉《まゆ》をしかめた。

「なんだよ、もう……」

見ると、エリカが信太のベッドの上でまるまって寝ている。思わず揺《ゆ》り起こそうとした信太は、けれどもそのいとけない寝顔に手を出すことはできず、作業場に行って妙子《たえこ》の姿を探した。

「おばさん」

「はい?」

信太の声に、妙子はおびえたように振り返る。

「エリカに、おれのもの勝手にさわるなと言ってよ」

「ごめんなさい、さっきまでそこで遊んでいたのに」

「二階にいる」

「ごめんなさい、すぐに」

妙子は卑屈《ひくつ》なまでの低姿勢《ていしせい》で信太にあやまり、あわてて駆け出していった。その様子《ようす》をそばで見ていた山口が、とがめるように口をはさんだ。

「ぼん、あんましきついこと言うなや。あの子はお兄ちゃんが大好きなんやさかい」

「そんなこと、向こうの勝手や」

信太はぷいと横を向いた。妙子がびくびくすればするほど、信太の中には苛立《いらだ》ちと自己嫌悪《けんお》がふくれあがってきて、やりきれなかった。

「アホ。いつまでもすねとらんで、もう少し大人《おとな》にならんかい」

信太が言い返そうとしたとき、二階でわっと泣き出すエリカの声がした。まだ町代《まちよ》がいて、夫に死なれた妙子が子連《づ》れで働きに通ってきていたとき、妙子とエリカはいつも仲良さそうに手をつなぎ、二人をふんわりと暖かい空気がつつんでいた。夫婦げんかの絶えない家で、信太にはこの母娘《おやこ》がうらやましく思えたくらいだ。けれど、最近の妙子はたえずおどおどし、子どもらしいエリカの失敗をこれでもかときびしく叱《しか》りつけている。一度、信太《のぶた》が早くに家へ戻ってみると、妙子は信太が帰宅したことに気づかず、嗚咽《おえつ》するエリカの口を手でふさぎながら、その小さな体を乱暴にふりまわしていた。

「泣けば勘弁《かんべん》すると思ったら大間違いだよ。お兄ちゃんに嫌われたらどうするの！　出て行けと言われても、私たちには行くところはないんだよ！」

二階を見上げる信太はその光景を思い出し、たまらずにその場を走り去った。

暮《く》れかけた土手《どて》にしゃがみこんでいると、後ろから呼び声がする。振《ふ》り仰《あお》ぐと上の道に直《なお》が立っていた。

「風邪《かぜ》ひくぞ、バカチンがぁ」

担任の口癖《くちぐせ》をまねて叫ぶ直に、信太は笑って叫び返した。

「どこへ行くんだぁ、アホンダラ」

「ヒ、ミ、ツ」

珍しく、上機嫌《じようきげん》の明るい微笑《びしよう》でそう言うと、直はいつものように土手を駆け下りては来ず、軽く手を振ると歩いて行ってしまった。

「くそぉ」

取り残された気分で、信太は冷たい風に肩をちぢめた。

直はまっすぐに、暮れに母親に連れられてカウンセリングを受けたメンタル・クリニックへやってきた。担当の立石《たていし》医師に会うと、直は単刀直入《たんとうちょくにゅう》に性転換《せいてんかん》の手術を受けたいのだと告《つ》げた。立石は驚きもせず、静かに聞き返してきた。

「なぜ?」

「なぜって、私は小さい時からずっと男だったから」

「私にわかるように話してみてください」

「だから、幼稚園に行って、なぜ女の子のグループに入れられるのか、祖母がなぜ赤やピンクの服や持ち物を持たせるのか、すごく不思議で不満でいやでした」

「それで?」

「トイレも女の子用のを使わないと失敗してしまって、何度も泣きました。でも、いつか自分にも父と同じようなペニスが生《は》えてくると信じてました。突然、生理が来たあの日まで」

直の言葉が苦しげにつまずくと、立石はおだやかな表情を崩《くず》さないまま言った。

「生理があるというのは女性だからでしょう？　それであなたは、なぜ男性なのですか」

「私は男なのです。なぜだかわからないけれど、体が間違えた形で生まれて来てしまったんです。気持ちわるくて居心地《いごこち》わるくて、だから本当の私の体にして欲しいのです。そういう手術をした人がいるというのも知りました。だから、その病院を紹介してください、お願いします」

直は泣きそうになるのをぐっとこらえ、必死で頼んだ。立石はいたって冷静で、直の熱心さに心動かされたというふうではなかったが、話を聞き終えるとうなずいて言った。

「それには時間がかかりますよ」

「どのくらいですか」

「あなたの希望は胸をとってペニスをつけること？」

「はい」

「それには子どもを妊娠《にんしん》する女性機能のすべてを摘出《てきしゅつ》しなければなりませんよ」

「かまいません」

「あとでやはり女性でいたかったと思っても、この手術はもうもとの性には戻れない」

「かまいません」

「では、予約しますか」

「ハイッ」

直の顔が喜びに輝いたが、立石の次の言葉は直を地面にひきずりおろした。

「それではお母さんと相談して、満二十歳の誕生日からホルモン投与《とうよ》などの治療《ちりょう》をはじめましょう」

「満二十歳⁉」

「そうです。手術はホルモンを二年間投与し続けたのちに着手《ちゃくしゅ》できると、ガイドラインでは決められています」

「あと五年……！　もっと⁉」

「ええ、性別適合手術《せいべつてきごうしゅじゅつ》というのは、日本でできるようになって五年目、残念ながらまだ社会の偏見、差別があります。だから、これから手術するまでの間、私たち神経科、そして内科、婦人科、形成外科のジェンダークリニックチームがあなたをフォローします」

ショックのあまり口がきけないでいる直に、立石はかんで含めるように言った。

「その間、あなたには充分に考える時間がある。そして時間をかけたおたがいの信頼がなければ手術はできません。それに私たちには、まだ、あなたが本当に手術を必要とする患者かどうかわかっておりません」

やんわりと付け加えた立石の言葉は、呆然《ぼうぜん》となっている直の頭を鈍器《どんき》となって殴《なぐ》りつけた。大きな期待をもって訪ねてきただけに、失望は大きかった。クリニックを出て、ほとんど放心《ほうしん》状態で町をさまよい歩きながら、直の頬《ほお》にとめどもなく涙がつたい落ちた。

一方、苦しい強化療法《りょうほう》を耐え抜いた幸作は、一般病棟へ帰還《きかん》が決まり、このまま順調にいけば、荒川の水がぬるむころには退院できることになった。遠藤先生の呼びかけで、金八先生の同僚の先生たちは忙しい時間を調整して祝ってくれたが、ぶじ退院できたとしても、安心できるのはおよそ五年後とのことだった。その間再発しなかったとき、ようやく完全回復といえる、と医師は告げ《つ》た。希望を持てることだけでも感謝すべきなのだろうが、思春期まっただなか、若い十五歳の直や十七歳の幸作にとっての五年間という歳月は、気が遠くなるほど長く重く感じられるのだった。

〝自分になる〟まで、まだまだこの苦しみが続く。直はふいに自分の中に破壊衝動《しょうどう》が湧《わ》きあがってきて、いつかそれが抑《おさ》えられなくなるのではないかと恐ろしかった。気持ちを吐き出すことができればまだいいのかもしれないが、カウンセリングでまた、あなたは女性ではないのか、と聞かれるのは耐《た》えられない。外出用の黒いダッフルコートに帽子とサングラスをつけた鏡の中の自分は、教室の男子生徒と違いはないように思われた。

直は再びメンタルクリニックまでやってきて、しばらく入り口にたたずんでいたが、やはり入る決心がつかず、きびすをかえして、いま来た道を戻《もど》った。都会の雑踏《ざっとう》を行く直に不審《ふしん》の目を向ける者はいなかったが、すれ違う人間の一人ひとりがすべて、まぎれもない男か女のどちらかなのだと思うと、直はおそろしく不安で孤独《こどく》だった。信号待ちで立ちどまっていると、急に背後《はいご》から声をかけられた。

「君をスケッチさせてくれないか」

見ると、画材をいれた大きなかばんをかけた青年が微笑《ほほえ》んでいる。

「スケッチ?」

「顔だけでいい、君のその輪郭《りんかく》を描きたい。気持ち悪がらないでほしいんだ。うん、この店でコーヒーでもコーラでも飲んでいてくれれば、その間に描くから」

色白で長身の青年は、髪を肩までたらしていてどことなくソフトな語り口が、中性的な印象だった。なぜか断《ことわ》りきれず、直は青年の言うままに光のいっぱい差し込んでいる喫茶店の窓辺《まどべ》の席にすわった。緊張した様子《ようす》でアイスコーヒーを飲む直に、青年は画帳の上にすばやく鉛筆を走らせながら言った。

「じっとしてなくてもいい。どっち向いていても自由にしてていいよ」

白くて長い指をした、その手の動きとデッサンに直《なお》が見入っていると、青年が優しげな口調《くちょう》でふいにたずねた。

「どうして逃げ出したんだい？」

「え？」

「ボクもはじめはあのクリニックに入りにくかったから、君の気持ちはわかるけど」

「あんた……」

青年は直の後をつけてきたのだ。少し身構《みがま》えた直の目を、青年はまっすぐに見返してきた。

「シゲルと呼んでくれ。あそこには忠実に二年間、通っている。ボクは君と正反対のタイプなんだ」

直の唇《くちびる》から、くわえていたストローがぽとりとグラスに落ちた。シゲルの直を見つめる瞳《ひとみ》は、どこまでもまじめで優しかった。

「姉が二人いてね、二人はまるで着せ替え人形のように女の子の服を着せて可愛がってくれたし、僕もきれいなものが好きで当然自分は女の子だと思い込んでいた。だからキミと同じで、小学校へ入ったとたん、男の子のグループに入れられてどうしたらいいかわからなかったよ。めめしいと言っても、女なんだから仕方ないけどさ、泣いたりしていじめられもした」

シゲルのひと言ひと言、そのとまどいと苦しみが直には痛いほどわかる。直は立石《たていし》の前でも自分の過去や気持ちを話すとき決して冷静ではいられないのに、どうしてシゲルがこんなに淡々《たんたん》と話すことができるのか、不思議だった。

「親は姉たちのせいだと二人を怒ったけど、中学へ入ってからのいじめはもう悲惨の一語だったね。不登校にもなった」

「ボクは負けないで殴《なぐ》り返した」

初対面のシゲルの前で、直は素直《すなお》に男の子として話していた。そして、シゲルにとってもそれは当然のこととして受け入れられていた。

「それは君が男の子だからさ。今いくつ？」

「十五、中三」

「私は高三だけれど、もうすぐ十八」

「じゃあ、新しいガイドラインが決まったら、もう治療《ちりよう》はじめられるんだ」

直はこの間、立石《たていし》から聞いた話を確かめるようと身を乗り出した。

「カウンセリングも治療なんだよ、だから逃げてはダメだ。手術を受けて望んだ性になった後、どう生きて行くかの心がまえもできてくるんだから」

「どう生きて行くかの心がまえ……?」

それまでの直の頭の中は、体を変えることでいっぱいだった。心と肉体のずれを直せば、この居心地《いごこち》の悪さはなくなるに違いないのだから。その後のことは、直にはまだ霧《きり》の中だ。けれど、手術を受けるだけでも大変なハードルがいくつもあるのに、たった三つ年上のシゲルの頭には、本来の性を手に入れた後の設計図まであるらしい。直は目からうろこの落ちる思いで、食いいるように優しげなシゲルの顔を見つめた。

「ホルモンの開始と手術は日本に帰って来て受けるけど、私は留学する」

「どこへ?」

「オランダ。あそこはレンブラントの国だし、差別はないに等しいし、アートの世界を勉強して行きたい。それに音楽。職業として男性女性の性別には関係ないもの。本当の自分を追求していけるしね」

シゲルは真剣な表情で黙って聞いている直に微笑《びしょう》し、ＦｔＭというトランスセクシュアルのホームページとミニコミ誌の存在を教えてくれた。

「スケッチさせてくれてありがとう。性同一性障害《せいどういつせいしょうがい》の人と出会えるチャンスはなかなかないんだ。ただ、前に一度、あの近くで君をちらっと見かけたような気がしたんでね」

そう言ってシゲルが手を差し出した。直も礼を言って、その手を握《にぎ》った。シゲルの握手《あくしゅ》はそのものやわらかな風貌《ふうぼう》やしゃべり方どおり、ふわっと優しげな感触《かんしょく》だった。直は雑踏《ざっとう》の中に去っていくシゲルの後ろ姿を見送って、しばらく立ちつくしていた。

帰宅した直が突然、留学はオランダに行きたいと言い出したのに、成美《なるみ》は面食《めんく》らった。ジャズ歌手の成美は以前ニューヨークで暮らしていたことがある。ニューヨークは人種のるつぼのような街だ。人種だけでなく、性のあり方もまたさまざまである。同時多発テロ事件のことが落ち着いてから、成美は勝手のわかるアメリカへ直といっしょに渡るつもりだった。

「なぜ、オランダなの？　アメリカならパパがいらっしゃるのに」

「パパには、パパが欲しがっていた男の子になってから会う。だから高校はオランダに行かせてよ」

直《なお》がいったん言い出したら引かないことを、成美はよく知っている。けれど、初めて直の口からきくこの話は、成美にとって唐突《とうとつ》すぎた。

「無理よ。オランダではママの仕事があるかどうかわからないでしょ」

「ひとりでいい」

直は強情《ごうじょう》そうな瞳《ひとみ》になって、突っぱねた。

「直、よく聞いて。高校留学でもお金がかかるの。パパがご承知なさらなかったら、お金は送れないのよ」

「かまわないさ、何でもするから」

「何でもって？」

「直が小学生の夏休み、オランダで仕事をしていたパパのところへ行ったじゃない。あの時の大家《おおや》さんの所で働いてもいいし」

「言葉はどうするの？　何でもすると言っても、言葉の通じない者を誰がやとってくれますか。よその国で暮らすというのは、そんな簡単なものじゃないのよ」

成美が強い口調《くちょう》で反対する。確かに直は、ひとりでオランダに行って、満足にコミュニケーションをとることもできないだろう。けれど、直をいま現実社会から隔《へだ》てているのは、言葉の壁よりもずっと分厚《ぶあつ》い壁ではないだろうか。シゲルは、オランダでは自分たちも平等だと言っていた。それならば、自分もオランダへ行きたい。直は自分の夢の前に立ちふさがる母親を険《けわ》しい目でにらみつけた。

「ママだってアメリカへ行っていた。それでパパと知り合ったくせに！」

「私はもう大人《おとな》だったわ。ジャズの勉強しながら、クラブで働くことができたし、中学高校生とは訳《わけ》がちがいます」

「だからって高校の三年間、友だちもつくれず変な奴だと見られるのは、直にはもう耐えられない！」

身をふるわせる直の腕を、成美がそっとなでた。

「直、あせるなとクリニックの先生がおっしゃったでしょ、時間はかかってもちゃんとした手続きをとって直の望む手術に必ず導《みちび》いてくださると」

「そんな、六年も七年も長すぎるんだよ！　我慢《がまん》できるわけがないよ！」

「直！」

地団駄《じだんだ》ふんでわめいた直の頬《ほお》に、成美《なるみ》の平手が鳴った。直は驚きに目をみひらいて母親を見たが、その瞳《ひとみ》にはみるみる憎悪《ぞうお》が噴《ふ》き出し、直は何も言わずに自室へ駆け込んで、バタンとドアをしめた。成美は直にとって、これまで何があっても直の気持ちを尊重《そんちょう》してくれた、たった一人の味方だった。その成美とはじめて正面からぶつかって、直は留学の意志をいっそう強くした。シゲルにはあんなにやすやすと通じた言葉が、いっしょに暮らしている母には届かないのだとすれば、結局自分たちのような障害は、当事者以外にはわからないのではないかと、直は思う。もしも同じ苦しみをかかえた人間が近くにいたとしても、直と同じように自分を偽《いつわ》って隠れるように暮らしているとすれば、その仲間を見つけることは不可能だ。直はシゲルの言っていたホームページのことを思い出して、パソコンに向かい合った。すぐにそのページは見つかり、直は驚いた。そこにはたくさんのシゲル、そして直たちがいて苦悩《くのう》し、励《はげ》ましあい、たたかっていた。

言い合いになって以来、母親との関係もぎこちなくなった。直はひとりで、インターネットで情報を集め、何度もシゲルの言葉を反芻《はんすう》するうちに、徐々《じょじょ》にシゲルの言わんとしたことがわかってきた。そして、もう一度シゲルに会いたいと思った。

どうしてあの時、連絡先を聞いておかなかったのだろう。そう悔《く》やみながら、直は再びメンタル・クリニックの扉《とびら》をたたいた。

立石《たていし》は、シゲルという三文字だけでは心当たりがないというだけで、教えてくれようとはしなかった。デリケートな障害を持つ患者の名前や住所を第三者に明かすわけがなかった。それでも、直は知りうる限りのシゲルの特徴を話して、その連絡先を教えてくれるよう、立石にせまった。

「守秘義務《しゅひぎむ》というのは知っています。患者のあれこれをほかの人に言ってはいけないのでしょ。でも、シゲルは私に逃げ出すなと言ってくれたんです。カウンセリングも治療《ちりょう》だ、どう生きて行くかの心がまえもできてくるんだって」

「ということは、その時、シゲルに会わなければ、自分からはカウンセリングを受けたくはなかった？」

確かに、シゲルに会わなければ、自分はすぐにはこのクリニックに来なかったろうし、もっともっと追いつめられた精神状態に陥《おちい》っていただろうと直は思う。

「……どうしていいかわからなかったんです。私は男なのに、カウンセリングで男か女か決められてしまうなんて。それに先生からはあれこれ聞かれたし……」

「鶴本《つるもと》さん、あなたの性別は私が決めることではないんだよ」

「だったら、私は男なんです。それなのに、いつも全然別の生き物の縫《ぬ》いぐるみを着ているみたいで、私が私ではないんです！」

「だから私たちは、鶴本さんが本当の自分になるために、今の混乱を一つひとつ解《と》きほぐしていく必要があるのです。今すぐにホルモン投与《とうよ》をすると、希望どおり男性的な特《とく》徴《ちょう》は現われて来ますよ。例えば薄ヒゲが生えてくるし、体も筋肉の量が増える。それなのに胸がふくらんでいてペニスがないのでは、かえってアンバランスだと思いませんか」

医師は慎重に慎重をかさねる。母親もゆっくり道を探ろうと言った。けれど、直《なお》はそうやって時間がたつほど、事態《じたい》はどうしようもないものになっていく気がして焦《あせ》るのだった。

「誰《だれ》のせいなんですか。私がこんななのは、母のせい？　父のせい？」

「誰のせいでもありません。あえて言えば、非科学的だけれど、神さまのちょっとした手違いでしょう」

「そんな……」

「私たち人間は、はじめ漠然《ばくぜん》としたところから始まって、そのうちに自分は男性、あるいは女性だと思うようになり、いわゆる男の子らしく、女の子らしく成長していく。性自《じ》認《にん》と言いますが、自分で自分の性別を自覚するわけです。けれど、生まれ出るまでの過程《かてい》で、脳の仕組みが男性なのに体は女性として生まれたのならば、当然混乱するし、他人にはわかってもらえない悩み、苦しみを抱《かか》え込む。それは人権問題でもあるでしょう?」

「そうなんです!」

直は思わずいきごんで答えた。

「だから、この国でも性別適合《せいべつてきごう》手術が法的に認められたのです。ただ、人には間違った思い込みというのもあって」

「私のは思い込みなんかじゃありません!」

「このカウンセリングは、よりはっきりとお互いが分かり合うためにあるので、何がいやなのか、どうありたいのか何を話してもいいのですよ」

「シゲルもそう言っていました。だから逃げるなって」

「そう」

「留学すると言ってました。だからその前に、もう一度シゲルに会いたいんです」

なおも必死になって頼み込むと、立石は少し困ったように笑って、シゲルが見つかれば、そして了解すれば連絡先を教えようと約束した。直はほっとため息をつくと、たずねた。

「あの人、私たちみたいな人とはなかなか出会えないと言ってたけれど、私たちってそんなに特別なんですか」

「全国的には万単位と言われています。あなたとはまた違うタイプだけれど、性別のことでさまざまな悩みを抱えている人たちを含めれば、決して特別ではありません。だから自分を傷つけるようなことがあってはいけないと、お母さんはとても心配していらした」

「母が？」

直は驚いて聞き返した。成美《なるみ》もまた直以上に口数が少なく、よほどのことがないかぎり直の障害について自分から触《ふ》れることはなかったからだ。けれど、直がいたずらに傷つかないようにと、いつも盾《たて》となって、学校や祖母、父たちと交渉してくれた。成美が寡黙《かもく》なのは、その苦悩《くのう》のせいかもしれないと、直はふと思い当たった。

「お母さんの苦しみはあなた以上かもしれないよ。だから、私たちともしっかりとチームを組んで、将来に立ち向かっていかなければ。わかりますね」

直は黙ってこっくりとうなずいた。


その後も直は、メンタルクリニック付近やシゲルと会った交差点、喫茶店に何度も行き、待ち伏せたりもしてみたが二度とシゲルに会うことはなかった。それでも、具体的な目標を得た直は書店でオランダ語とドイツ語の参考書を買い、猛然と語学を独学しはじめた。通学路でも十分間読書や自習の時間にも、直はヘッドホンをつけてオランダ語会話を反芻《はんすう》し、単語を覚えた。立て続けに受験に失敗し、後がない賢《けん》に、直は激励《げきれい》のメールを送った。

——がんばってるか？ Haseken

今この時間、おれもがんばっている。健闘を祈る。 Yesterday

〝自分になる〟道を探《さぐ》って前進する直は、もう以前のように、ただ苛立《いらだ》ちを肉体にぶつけるために土手《どて》をジョギングしていた直ではない。けれど、信太《のぶた》はまだその土手に途方《とほう》にくれたようにすわっていた。信太は家へ帰るのを嫌《きら》って、たびたび儀《ただし》のアパートへ行き、二人でいっしょに夕飯を食べたりするようになった。

「おまえ、なんで自分んちで食いたくねえんだよ」

「うん……なんでやろなぁ」

信太は儀の問いをはぐらかして、「いまい」の惣菜《そうざい》をうまい、うまいとほおばった。儀は信太の両親が離婚したことすら知らなかったが、退屈《たいくつ》と寂しさをまぎらわすことができるので信太が来るのを歓迎した。その日も二人連れ立って学校から帰って来る途中、信太ははっとして足をとめた。小さな路地《ろじ》の陰《かげ》に、信太を待っていたらしい町代《まちよ》の姿をみとめたからだった。出て行ったきり、どこで暮らしているのかも知らない。信太は忘れ物だと嘘《うそ》をついて儀と別れて引き返すと、町代の姿の消えた路地奥へ走った。

久しぶりに会う母親は、疲れた顔をしていた。そして、信太の顔をいとおしそうに何度も眺《なが》めるのだった。母親が自分にはひと言もなく出て行ったことも忘れて、信太はなつかしい母親の気配《けはい》を吸い込んだ。胸につかえていた苛立《いらだ》ちは溶《と》け去り、冷えきっていた体が温かくなった。

「少しやせたんじゃない?」

「そんなことないよ」

答えながら、やせたのは母親の方じゃないか、と信太は思う。町代は小さなワンルームのアパートに、ほとんど家具もなく、つましく暮らしていた。二人は小さなちゃぶ台をはさんで向かい合い、店屋《てんや》物の親子丼《どんぶり》を食べた。

「勢いで、あの家、出ちゃったけど、やっぱあんたのことが気になってさ」

熱くうるんだ視線とは裏腹《うらはら》に、町代はさばさばした口調《くちょう》で言った。信太は母親の涙もろくて、強がりの性格を思い出した。

「あんたは私のこと、全然心配じゃなかった？」

「心配しないわけないだろ」

「そうだよね、やっぱ血をわけた親子だもん」

町代の目のふちがうっすらと赤くなるのを見て、信太もまた胸の奥が痛くなった。

「あのさ、ちゃんとやってんの？」

「やってるよ」

「どんなこと？」

「ハローワークにも行ってみたけど、千住《せんじゅ》の焼鳥屋《やきとりや》。若いつもりだけどトシなのかな、洗い物もやらされるから立ちっぱなしで、足のだるいことったら」

「しょうがないよ、おれ、家に帰って来たらと言えねえもん」

信太の眉《まゆ》が心配そうにハの字になっている。町代は笑って、息子の額《ひたい》を軽くこづいた。

「大丈夫、あんたが時どき来てくれたらさびしくないもん」

町代は思いついて立ち上がると、しょんぼりとすわっている息子の前に小さな鈴《すず》のついた鍵《かぎ》を置いた。信太《のぶた》は驚いて、鍵と町代を見くらべた。母親の顔には、ずっと昔、信太が小さかった頃と同じ笑《え》みがいっぱいだ。

「はい、これ。私が仕事に出ていても、来たい時はいつ来てもいいんだよ。ここは私の城なんだから、ほら」

「うん……ごちそうさん」

信太は小さな銀色の鍵をぎゅっと握《にぎ》りしめた。

自分の家では居場所がない気がして落ち着かないのに、母親のアパートで信太はすっかりくつろぐことができた。

「雑巾《ぞうきん》どこ？　お茶こぼしちゃった」

「右側が風呂場。そこにタオルかかってるだろ。古い方のを雑巾にすればいいから」

信太は機敏な動きでぴょんと立つと、町代の指《さ》した台所の横のドアをあけた。洗面所といっしょになった狭いユニットバスだ。洗面台のコップを見て、信太はどきりとした。歯磨き用のコップには、ピンクとブルーの歯ブラシが二本さしてあった。見回すと、男性用の整髪《せいはつ》クリームなどもある。

息子の顔色が変わったのに気づかず、町代は機嫌《きげん》よく無口な信太を見送った。

川べりの道をとぼとぼと歩いてきて、信太はふと思い出し、ポケットにつっこんだ鍵《かぎ》をとりだした。しばらく手のひらの上の鍵を見つめ、思い切って川へ放り投げようとするが、やはり、どうしても投げられなかった。

重い足どりで家へ戻ってくると、入り口にいた妙子《たえこ》がはじかれたように振り向いた。

「あ、お帰りなさい」

けんめいに愛想《あいそ》よく挨拶《あいさつ》する妙子から顔をそむけるようにして、信太は奥へ入った。不安顔でその後ろ姿を見送る妙子に、工場の山口がいたわりの声をかける。

「気にしいなや、面倒《めんどう》な年頃やさかい」

あいまいにうなずいて、妙子ははっとした。近くにエリカの姿が見えないのだ。あわてて、妙子が奥へ入ろうとするより早く、険《けわ》しい顔の信太が戻ってきた。

「オバさん!」

「はいっ」

「エリカを勝手にオレの部屋に入れるなと言っただろ!」

「はいっ」

妙子は大慌《あわ》てで駆け込み、信太《のぶた》がそのまま外へ出て行こうとすると、一部始終《いちぶしじゅう》を見ていた山口がその腕をつかんだ。

「ぼん、オバはんとは何や、オバはんとは！」

「あいつはオヤジのカミさんで、わいにはただのオバはんや」

「そやかてエリカちゃんにまで当たることはないやろ」

「当たってへん！　子どもに言うてきかせるんは親の務《つと》めやろ。そやさかい、オバはんに任《まか》せたんや」

駄々《だだ》っ子のように反抗して、山口の手を振り払ったとき、二階からエリカの泣き声が降ってきた。たちまち、信太の顔は苦しげにゆがみ、その場を逃げるように駆け出した。

信太の部屋では、泣きながら信太のパジャマを抱《かか》えこんでいるエリカの手を、妙子が叩《たた》いていた。

「放しなさい！　いけないと何度言ったら分かるのよ！　ママがお兄ちゃんに叱《しか》られるんだから、いいかげんにしてちょうだい！」

妙子は荒々しくエリカを揺さぶり、力まかせにパジャマをむしりとると、思いきり突き飛ばした。小さな体はあっけなくひっくりかえった。

信太はそれから毎日、ポケットの中に鍵《かぎ》をいれ、手でもてあそんでいた。けれど、アパートへ行って、もしも見知らぬ男に出くわしたらと思うと、鍵を使う気にはなれなかった。そしてある夕方、信太は母親が働いているといっていた千住《せんじゅ》のヤキトリ屋を探しにいった。

ずいぶん歩き回ってようやく見つけたが、中へ入る勇気はない。酔客《すいきゃく》がいるのか、店の中から時おり嬌声《きょうせい》とダミ声の笑いがきこえていた。細い路地《ろじ》に面した裏口で物音がして、のぞいてみると、ビール瓶《びん》を入れた箱を重そうに運《はこ》ぶ町代《まちよ》の姿が見えた。声もかけられずに信太がそっと見ていると、重い箱を積み重ねるのに苦労して、町代は肩で息をしている。思わず走りよって手を貸すと、母親はびっくりして息子の顔を見つめた。

「宏《ひろ》ちゃん……！」

「うん、ちょっとこの近くまで来たから、お店、どんなところかなと思って……」

息子の来訪《らいほう》で疲れが吹き飛んだらしい町代は、明るく笑った。

「ほんとに人使いの荒い店なんだ。ちょっと待ってな、ヤキトリ二、三本もらってくるから」

「いいってば」

「バカだねえ、なに遠慮《えんりょ》してんのよ」

町代はいとおしそうに信太を眺《なが》めやったが、話す間もなく店の中から町代を呼ぶ声がした。小さく舌《した》を打って戻ろうとする町代を、信太は思い切って呼び止めた。

「お母ちゃん」

「なに？」

「……ほんとは誰《だれ》と住んでるの？」

「誰って？」

「だって」

言いづらそうに口ごもる信太に、町代はさばさばとこたえた。

「なに言ってんの、一人に決まってるだろ。このまえ、来て見ていったくせに」

「だって」

「だって、なによ」

「歯ブラシ、二本あったし」

傷ついた信太の顔がうつむくのを、町代はきょとんとして眺め、それから笑い出した。

「歯ブラシ？　ああ、あれはたたき出した。なんでも当てにする男なんか、もうこりごりさ。自立《じりつ》ですよ、これからは自立」

中からさかんに急《せ》かす声がする。

「おばさーん、何やってんのー」

「はーい、はいはい！」

町代はちょっと笑って力こぶをつくるようなしぐさをすると、中へ戻っていった。信太は安心したような、拍子《ひょうし》抜けしたような思いで、その背中を眺めた。

母親に持たされたヤキトリを食べ食べ、土手《どて》の道を帰って来ると、後ろから聞きなれた軽やかな足音が近づいてきた。直《なお》だ。

「おい、ヤキトリ、食《く》わへんか」

信太が呼び止めて、ヤキトリのパックを差し出すと、直は少し意外な顔をしてたずねた。

「今日はタコヤキじゃないのか」

「いろいろと事情があってな。今日はヤキトリ」

直はあいさつがわりにベタベタした串《くし》を一本つまんだ。いつものように無口に食べる直に、信太はふとたずねた。

「おまえ、外国に行くのか」

直はそれには答えずに、黙って信太の顔を見た。留学のことを信太が知っていてもおかしくはなかったが、誰《だれ》かが自分の将来のことを気にかけているなどとは、思ってもみなかったのだ。さらに信太は、人なつこい顔でひきとめた。独立独歩《どっぽ》、独《ひと》りでいることがすでにあたりまえになっている直にとって、不思議な感触《かんしょく》だった。

「やめろよ。外国にはタコヤキもヤキトリもあらへんよって」

「わてにもいろいろ事情がおましてな」

少しうれしくて、直は信太の口まねで答えた。

「ちぇっ、おまえはダチだと思ってたのによ」

つまらなそうに言った信太の言葉に、直はまたもや意外そうに信太を見た。

「ダチ……か」

「そうやなかったんか?」

こんど驚いたのは信太の方だ。信太が自分を仲間に数えているらしいことを知り、直の頬《ほお》には今まで信太が見たこともないような微笑《びしょう》が浮かんだ。

「ま、考えておくわ。ごっそさん」

ヤキトリを食べ終わった直は、機嫌《きげん》よく手を振り、信太を置いて走っていった。

信太は母親に会ってから、まるで秘密の恋人を得たかのようだ。町代にとっても、時おり訪ねてくる息子は生きる喜びになっていた。母親のまなざしで愛されていることを実感し、信太は幸せだった。けれど、妙子《たえこ》や父には悪い気がして、母親に会ったことを言えず、もっぱら友だちのところ、と嘘《うそ》をついた。

町代のアパートはひとりになっても相変わらず、雑然としていた。ヤキトリ屋の仕事は町代には慣れない重労働で、帰れば倒れこむように寝てしまい、家をきれいにする余裕などないのだろう。信太は空《から》っぽのアパートに合鍵《あいかぎ》で入ると、掃除をして町代の帰りを待った。ひとりぼっちの母親を何か助けたかったのだ。町代の仕事は夜、それもサラリーマンの仕事が終わってからがかきいれ時だ。来るときに買ったタコヤキを夕食がわりにし、なおも信太が待ち続けていると、夜もだいぶふけてから、玄関のドアがそっと細くあいて、町代がのぞいた。

「ああ、びっくりした。電気ついているんだもの。鍵は取り上げたけど、あいつがまた来たのかと思ってさ」

信太《のぶた》の顔を見ると、町代ははしゃいで言った。

「おれで悪かったよ」

「バカ」

ちょっと口をとがらせた息子の頭をくしゃくしゃと撫《な》で、町代は足を投げ出してすわった。

「ああ、くたびれた。あらまあ、何かすっかりきれいになっちまって」

うれしそうに片付いた部屋を見回し、町代は投げ出した足のふくらはぎをさすっている。派手《はで》な格好《かっこう》もしていないせいか、きれいだった母親は急に年をとって見えた。

「おれ」

「うん?」

「泊まって行こうかな。だめ?」

信太がおずおずときくと、町代はしばらくその顔を見つめていたが、さっと腕を伸ばすと乱暴に息子を引き寄せ、抱きしめた。

「なんだよ、よせよ、苦しいよ」

信太はうれしそうに悲鳴《ひめい》をあげ、母子《おやこ》はいつまでもじゃれあっていた。

入試のため学校は午前中で終わっているというのに、十時をすぎても信太が帰って来ないので、父親の浩造《こうぞう》はさすがに心配になって、金八先生のところへ電話をかけた。しかし、金八先生にも心当たりはない。そのうち帰って来るだろうから、と浩造は何度も謝《あやま》って受話器を置いた。電話のやりとりを横で聞いていた妙子はすっかり蒼《あお》ざめている。

「やっぱり、私のこと気に入らないんでしょうね」

「よけいな気をまわすんじゃねえ！」

「は、はい」

浩造がいらいらと怒鳴ると、妙子はいっそう不安に身を縮《ちぢ》めた。

「はい」

「いいからエリカを寝かせろよ、うたた寝は子どもにも毒だ」

エリカは待ちくたびれて、夕食に手をつけることもなく、食卓の前で眠りこんでいる。

妙子はエリカを乱暴に揺さぶり起こした。ぐずるエリカの声に浩造が眉《まゆ》をしかめる。

「ビール！　ビールだ！」

「はいっ」

妙子はびくびくと夫の顔色をうかがいながら、ビールとコップをそろえた。

一方、金八先生は金八先生で、信太と仲のよさそうな儀《ただし》や一寿《かずとし》に聞いてまわったが、結局、信太の居所《いどころ》はつかめなかった。

翌日、いつもと変わらず登校した信太をつかまえて、金八先生が昨夜のことを問いただすと、信太はあっさりと外泊を認めた。

「でも、オヤジには友だちんところに泊まると連絡したのによ」

「友だちんちって誰《だれ》のところだ」

いつになくきびしい金八先生の顔にたじろぎながら、信太は弱よわしく答えた。

「だから友だちの」

「だから、その友だちは誰かと聞いている」

「おれのダチに悪い奴はいないんだから、そんなに心配しなくてもいいだろ」

あわててごまかそうとする信太を、金八先生は怒鳴《どな》りつけた。

「偉《えら》そうなこと言うな！　たとえダチがいいやつでも、ひと晩じゅうお前のことを心配していたオヤジさんの気持ちにもなってみろ」

「わかった、言うよ。……儀んち」

苦しまぎれに信太が出まかせを言うと、金八先生が恐い目でぎろりとにらんだ。

「この大嘘《おおうそ》つきめが！　儀は昨日《きのう》、私といっしょにおまえを探していたよ」

信太は観念《かんねん》し、がばと頭を下げた。

「悪い、ごめんなさい！　おふくろのところへ泊まりました」

「おふくろさんのところ……？」

「なんかさ、ひとりでしんどそうだったんだ。それでわい、つい……ごめんなさい」

「そうか……お袋さんのところだったんか」

拍子《ひょうし》抜けすると同時に、気をつかってこっそりと恋しい母親に会いにいったのかと思うといじらしく、金八先生は優しい目で信太を見つめた。

「よし、わかった。けど、みんなにあまり心配かけないでくれよ、たのむよ」

「うん」

信太はぴょこんとうなずいた。


それまで入りびたりだった信太が最近あまり来ないので、儀は少し寂しい。学校からいっしょに帰ってきて別れ道まで来ると、儀は熱心に誘《さそ》った。

「おい、遠慮《えんりよ》はいらねえんだから、メシぐらいいつでも食いに来いよ！」

「せっかくやけど、どうしてもあんたといっしょに食べたいのという年上の女が現れてな」

「なんだと、この野郎っ」

ふざけてとびかかる儀をさっとかわして、信太が手を振りながら走り出した。家ではなく、町代のアパートの方角へ。

暗くなってから家へ戻ると、入り口で、きびしい顔の山口に声をかけられた。

「ぼん、高校の試験前やいうのに、夜遊びはええかげんにせいや」

山口は父親の浩造《こうぞう》よりもよほど細《こま》やかに信太のことを心配してくれているのだった。うるさいことを言うのも、信太のことをかわいいと思ってこそである。山口の大阪弁を一生けんめい真似《まね》るくらい、信太は小さい時から〝山口のおっさん〟が好きだった。けれど、急いで妙子《たえこ》と父親との再婚話をすすめ、町代《まちよ》のことを冷たく言うようになってから、信太の中には山口に対する反抗心が芽ばえていたのだった。

「もう、おっさんがうるさいことばかり言うたら、家出敢行《かんこう》、帰って来《こ》んさかいな」

「そないアホしたら、妙子さんの立場もないやろ、あれで、一生懸命尽《つ》くしとんのにぃ」

「わかった、わかった」

軽くいなして、中へ入ろうとすると、奥からエリカの泣き叫ぶ声がきこえてきた。信太は嫌悪《けんお》感に顔をゆがませた。なるべく家から離れていても、最近の妙子が何かとエリカを叱《しか》りつけているのは、信太の目にも入っていた。陰《かげ》でせっかんしているのだろうか、エリカの手につねられたようなあざを見つけたときは、信太もかっとしてエリカに問いただした。けれど、たった四歳でも自分の立場がわかるのか、お母ちゃんにやられたのだろうという信太に、エリカは手を背中に隠して転《ころ》んだのだと言い張った。自分の前ではおびえと媚《こ》びの混《ま》ざった目をしてほとんどしゃべらない妙子が、またも陰でエリカに八つ当たりをしているのかと思うと、信太はむかむかしてならなかった。くるりと引き返そうとしたとき、階段口でドドドッと大きなものが落ちる音がした。

「エリカ!」

ギョッとなって信太は階段下へ走った。逆《さか》さまに落ちたらしく、階段の下にエリカが倒れている。

「エリカ!　エリカ!」

小さな体を抱《だ》き起こして、必死に呼びかける信太の背後で、山口の激しい声がした。

「妙子《たえこ》さん!」

見上げると、二階の降り口に鬼気《きき》せまる顔つきの妙子が、箒《ほうき》の柄《え》を握《にぎ》りしめたまま立ちつくしている。

「あんさん！　いったいこの子に何したんや！」

山口の怒鳴《どな》り声にやっと我《われ》にかえった妙子は、そのまま床《ゆか》に崩《くず》れ落ちた。

「おっさん、あの人を頼む」

信太はそう言うなり、エリカを抱《だ》きかかえて夢中で外へ出た。

「誰か！　誰かーっ、車を見つけてくれえっ、エリカが死んじゃうーっ」

ぐったりとしたエリカを抱え、動転した信太が泣きながら走る。その叫び声を聞きつけたのは、直だった。男もののコートにサングラスと帽子の黒ずくめで、クリニックに行く途中の直は、信太の声を聞くと、驚いて引き返してきた。

「どうしたんだ！」

「階段から落ちた！」

エリカの様子《ようす》を一目《ひとめ》見ると、直はしゃくりあげている信太の肩をぐいとつかんで言った。

「動かすな！　救急車を呼ぶし、車も探してくる。おまえはこの子についていろ。いいな！」

直は全力で走り出し、動かないエリカを抱いた信太は泣きながらその場にすわり込んだ。

「エリカーッ、エリカーッ」

声のする方を振り向くと、髪を振り乱した妙子が山口とともに走ってくる。信太はとっさに立ち上がり、エリカを抱いて逃げようとした。すると、向こうから早くも直が息をきらしつつ、戻ってきた。、

「あわてるな！　すぐに救急車が来る！」

安井病院の院長室で、駆けつけた金八先生、直とともに、エリカの診察が終わるのを待ちながらも、信太はずっとしゃくりあげていた。

「おれが悪いんや、おれがいちばんに悪い」

「落ち着きなさいってば、信太、信太」

金八先生は泣きじゃくる信太の肩を抱いてやったが、信太はなかなか落ち着かない。やがて、院長が蒼《あお》い顔の妙子とともに入ってきた。体がやわらかいからか、エリカは頭から落ちたにもかかわらず、脳震盪《のうしんとう》を起こしただけですんだ。二人で重なって落ちたり、打ち所が悪かったりしたら大変なことだったと院長が説明すると、妙子はその場にひれ伏した。

「申しわけありませんでした。私が、私がわるうございました」

「そうや！　なんでエリカに八つ当たりするんや！　親のくせになんで弱いもんいじめをするんや！」

信太がすごい剣幕《けんまく》で怒鳴《どな》り、妙子は身をちぢめて弁解《べんかい》しようとする。

「すみません、エリカが……」

「エリカのせいにするな！　あんたがいつもわいの顔色うかがってびくびくしとるのが鬱陶《うっとう》しくて、つい乱暴な口をきいていた。文句があるならわいに言えばいいのに、エリカにあたり散らすなんて、それでもおまえは母親か！」

「すんません、すんません、ほんとにすんません」

妙子は必死で床《ゆか》に額《ひたい》をすりつけている。

「やめろよ、そんな格好《かっこう》、たくさんだよ」

「そうですよ、そんなにご自分を卑屈《ひくつ》になさらないでください」

信太が横を向き、金八先生は妙子に手を貸して起き上がらせた。

「信太は年頃で扱《あつか》いにくいでしょうけど、あなたはあの家に必要な人になってるんでしょ。工場のこと、家のこと、会計のこと、もっと堂々と自信を持ってくれないと」

「そうや、おれのことなど構《かま》わなけりゃいいんだ！」

「この人にそんなことができるか」

ふてくされる信太の言葉をきびしく制し、金八先生は妙子に向きなおった。

「お母さん、途中から入って全部の人に気に入られようとしても、それは無理です。でもね、お手伝いさんじゃないんだから、わからず屋の息子のご機嫌《きげん》などとらず、頬《ほお》っぺたのひとつもひっぱたくぐらいの意気込《ご》みで、あの家になくてはならない人になってください。それが結局はみんなが幸せになれることなんですから」

「同意見ですね。このままではあなたの神経がもちませんよ。人間関係に気を使いすぎて、そのストレスをエリカちゃんにぶつけていたんでしょ。弱いものが弱いものを追いつめるのがいじめと虐待《ぎやくたい》の構図《こうず》なんです」

安井院長はそう言って、じっと妙子を見つめた。

「けれどもし、ご自分の安泰《あんたい》のためにエリカちゃんを邪魔《じやま》だと思ったのなら」

「い、いえ！　私はあの子にいい子になってもらいたくて。あの子のためにも私たちはあの家から追い出されるわけにはいかなくて……」

夢中で妙子が叫び、肩をふるわせて泣き出した。

「そうか。ほな、わいが追ん出ればいちばんいいんやろ！」

信太がひねくれた口調《くちょう》で叫んだ時、それまで黙っていた直《なお》の平手が、いきなり信太の頬《ほお》へとんだ。唖然《あぜん》としている一同にものも言わず、直はすっと院長室を出て行った。入れ違いに入ってきた看護婦が、妙子に小さく合図《あいず》する。

「すいません。エリカちゃんが心細がってお母さんを呼んでいますので」

「あ、はい」

ふらつく足どりで妙子が出て行き、続いて信太も出た。

「で、警察の方は？」

部屋に残った金八先生がたずねると、安井院長は重苦しい口調《くちょう》で答えた。

「いちおう、虐待《ぎゃくたい》の疑いで児童相談所には報告しなければならないでしょう」

信太と直はいっしょに病院を出た。無言のまま、連れ立《つだ》ってしばらく歩くと、直はふいに立ち止まった。

「じゃあ、な」

「おい」

心細そうにこちらを見る信太に、直はいつものそっけない口調で言う。

「おまえはおれと同じだ。いるだけで人が気を使うのさ。おまえはあの家にはいない方がいい。出ろよ」

「出ろって……？」

「行くところあるくせに。そっちが恋しくて外泊したんだろ」

直の唇《くちびる》がかすかに笑ったような気がする。言い当てられて、信太はどきりとした。

「あ、ああ。けど、そないなことをしたら」

「先生が言ったろ、全部の人に気に入られようとしても無理だって。全部の人にわかってもらおうなんて、それは……」

直は少しの間、言葉をさがし、そしてきっぱりと言った。

「幻想《げんそう》だ」

「うん」

「そんじゃ」

くるりときびすを返して歩き出す直の背中に、信太は呼びかけた。

「どこへ行くんだよ」

「おれが誰《だれ》なのか、教えてくれる人のとこ」

直は振り返らずに片手をひらひらと振ると、信太を置いてずんずん歩き出した。その後ろ姿を見送りながら、信太は、直はやはり自分の〝ダチ〟だと思うのだった。

IV　闘え、誇りをかけて

週刊誌の記事から政則の「秘密」をかぎつけた充宏は、意地悪くからみつく。

今日の都立の一般入試で、重苦しい受験の日々もほぼ終わりになるはずだ。合否《ごうひ》がわかるのはもう少し先だが、試験会場から帰って来る生徒たちの顔は答案の出来《でき》にかかわらず、どこか晴ればれとしている。受験者のほぼ全員が報告に戻って来ているのに、いつもうるさい充宏《みつひろ》と里佳《りか》の顔がまだ見えないと思っていると、職員室の金八先生に、近所で美容院を営《いとな》む教え子の麗子《れいこ》から電話がかかってきた。

「先生への報告が先だと言ったんだけど、三Bの二人がどうしてもさっぱりしたいと言いはるし、他のお店に行ってもなんだから。手早くすませて帰しますので、はい、はい、では」

「手早くなんて言わないで、ばっちしきれいにやってちょうだいよ!」

電話のやりとりを聞き、洗髪がすんで、タオルをターバンのように頭に巻いた充宏が言った。里佳は、読みかけの週刊誌を手にしたまま、別の椅子《いす》に移動した。

「ねえ、ミッチー、成迫《なるさこ》って珍しい名前だけど、あいつの親って、学校の先生?」

「何のこと?」

動きのとれない充宏のために、里佳は週刊誌の見出しを読み上げる。

「〝少年院帰りの悲劇・独占手記〟だって」

「えーっ、あいつ少年院帰りだったんか？」

ゴシップ好きの充宏が素《す》っ頓狂《とんきょう》な声をあげて身を乗り出すのを、麗子はぐいと椅子に押さえつけた。里佳はかまわず、しゃべりつづける。

「S岡靖《やすし》十八歳って、この写真、私のタイプ。前に少年院に入ったことがあったからって、またまた入れられちゃったんだって。かわいそう」

「そんなこと、あたりまえでしょ」

麗子があきれて口をはさむが、里佳は週刊誌のページに熱心に鼻先をつっこんでいる。

「前の事件で、友だちが成迫っていう昔の担任に殺されたんだって」

「ヒェーッ、先生の人殺しかよぉ」

充宏が興奮して叫んだ時、麗子は里佳の背後から、その週刊誌をとりあげた。

「うちにはほかにタメになる本も置いてあるんだからねっ」

「こわぁ」

里佳と充宏は肩をすくめた。けれど、美容院からの帰り、二人は書店を探し回ったあげく、ようやく同じ週刊誌を見つけだしたのだった。髪をととのえ、一大ニュースの土産《みやげ》を手に二人は意気揚揚《ようよう》と教室に戻ってきた。

「ヘーイ、エブリバディ！　どう、このヘアメイク？」

教室の入り口でポーズを決めて叫んだ充宏《みつひろ》を、一寿《かずとし》がちらりと見て言った。

「アホ、なに気取ってんだ」

皆の注目が集められないと知ると、充宏は気を取り直して煽情《せんじょう》的なヌードが表紙の週刊誌をひけらかすようにかざしながら、政則《まさのり》に近づいた。

「よ、お前はひでえ交通事故を見ちゃったんだよな」

「え」

「事故って、どこでなの？」

「どこって、だから……」

不意をつかれてしどろもどろになる政則の反応が意外で、充宏はさらにからんだ。

「静岡から転校して来たって言ったけど、葛飾《かつしか》の方に親戚《しんせき》いる？」

「いや別に……」

「ふーん、お前のおやじって、何の仕事してたんだ？」

充宏が横目でねめつけながら、ねちっこい口調《くちょう》で聞くと、政則はそんな充宏を振り払うように激しい口調《くちょう》で言い返した。

「そんなこと、関係ないだろ！」

「ムキになることないじゃんか」

「ムキになってなんかいないっ！」

政則が激昂《げっこう》すればするほど、充宏は愉快そうに余裕たっぷりで言った。

「そんならいいけどよ、ほら、成迫《なるさこ》って名前、珍しいじゃん」

「山越《やまこし》って、おれんちだって珍しいぜ」

チューが屈託《くったく》なく口をはさむと、充宏はわざと周りに聞こえるように声をはって答える。

「けど、おまえん所のオヤジは教師じゃないし、人を殺していねえだろ」

「人を殺したぁ⁉」

「えーっ、政則の親、人殺しぃ⁉」

チューと香織《かおり》が同時に甲高《かんだか》い声で叫び、教室中の視線が集中した。蒼白《そうはく》の政則の横で、充宏は得意になっている。

「そうは言ってないわよ。同じ名前だから、親戚《しんせき》かなと思ったのよ」

「たとえそう思っても、聞くのが失礼なことってあるでしょ」

黙って立ちすくんでいる政則をかばって繭子《まゆこ》が非難すると、充宏は繭子を威圧するようににらみ、みなを煽《あお》った。

「おまえに聞いちゃいねえよ。転校生はだんまり屋で、おれたち、血ぃ見るとひっくり返るほか、こいつのこと何にも知らねえじゃん」

「ミッチー！　人をいたぶるのもいい加減にしな！」

後ろから強い口調《くちょう》で止めたのは美紀《みき》だ。しかし一カ月前ならいざ知らず、今やグループのトップに君臨《くんりん》する充宏《みつひろ》は美紀に侮蔑《ぶべつ》の一瞥《いちべつ》を投げ、力を見せつけるかのように吠《ほ》えた。

「うっせえな、飛び降り損《ぞこ》ないの親がいるくせに、しゃしゃり出るんじゃねえよ」

「もめるのはよせ！」

食《く》ってかかろうとする美紀と充宏の間に賢《けん》が体を割り込ませ、一寿《かずとし》が大きな声で政則《まさのり》に呼びかける。

「気にすんな、政則。ミッチーはいつもガセネタで大騒ぎだ」

「ガセネタじゃないっ、これに成迫《なるさこ》って名前出てたから聞いただけだわよ！」

そう言って充宏が机にたたきつけた週刊誌をひったくり、政則は教室を飛び出した。

「どうした、政則！」

教室へやってきた金八先生が入り口で危《あや》うく政則にぶつかりかけ、呼びかけると、政則は一瞬血の噴《ふ》き出すような目で金八先生を見たが、そのまま駆け出して行った。哲郎《てつろう》がそのあとに続き、驚く金八先生の脇をすりぬけて、繭子《まゆこ》と一寿も追いかけていく。

「静かに！　いったい何ごとですか！」

騒然とする三Bたちに金八先生がきくと、チューがまっすぐ充宏を指した。

「ミッチーが政則のオヤジは人殺しだと言い出したから」

「なんだって⁉」

金八先生は思わずギクリとなり、大声で聞き返した。充宏は口をとがらせ、あわてて弁解する。

「そうは言っちゃいない、ただお前の親は何の仕事をしてたのかと聞いただけで」

「それがミッチーとどんな関係があるのよ！」

美保《みほ》のよく通る声は鋭くとがっている。教室中の無言の反感を感じとり、分《ぶ》の悪くなった充宏は仲間の里佳《りか》に助けを求めた。

「関係はねえよ。ただ、成迫って名前は珍しかったから、なあ、シンバ」

「うん」

里佳はあいまいにうなずいた。

「そうだね、確かに珍しい。けど、それでいきなり親は人殺しかと普通なら聞くものか？相手の身になって考えてみなさい」

「ごめんなさい。ただ、ヘアサロンで見た週刊誌で成迫《なるさこ》っていう中学の先生のこと書いてあったから」

金八先生のきびしい口調《くちょう》に、里佳はうつむいたまま、ぼそぼそとあやまった。

「わかった、わかりました、もういい！　けどね、人を傷つけるようなそんな話をなぜ誰《だれ》もとめなかったんだね」

「美紀《みき》がとめました」

直美《なおみ》がすっと手をあげて言った。

「けど先生、誰もそんなこと信じてません」

賢《けん》が言うと、充宏《みつひろ》はここぞとばかりに自己弁護する。

「当たりまえじゃん。おれだって本気でからかったわけじゃないしぃ」

「けど、度《ど》がすぎていた」

冗談《じょうだん》めかす充宏に、賢は嫌悪《けんお》をこめてぴしゃりと言った。

「そうかよ。けど何でいつもアタシだけをワルにするのさ、みんなだってオカマだ何だってからかうくせに、ひどすぎるわヨ！」

開き直った充宏は大げさに天をあおいで嘆《なげ》く。

「おまえがそうやってシナシナするからだ」

「おれは言ってないぜ。なのに、おまえはいつもチビチビと！」

スガッチやチューが口をはさみ、皆がいっせいにしゃべりだす。金八先生はやっとのことで全員を席につかせた。


職員室に戻ると、金八先生はとりあえず池内先生に連絡をとり、政則《まさのり》のフォローを頼んだ。電話を切り、深刻な表情でため息をついた金八先生を、校長がじろりと見て言った。

「成迫政則ですね」

「はい」

「だから私は、問題のある子を引き受けるのは反対だったのです」

校長の顔に苛立《いらだ》ちこそあれ、心配はみじんもない。金八先生はかっとして言い返した。

「お言葉ですが、あの生徒には何ら問題はありません」

「教師がかつての教え子を刺《さ》すというのは問題ではないのですか」

「校長先生、刺したというのは……」

「その子ではない。しかし、親がただごとでない事件を起こせば、その子も問題を抱《かか》えるのは当然でしょう。私の赴任《ふにん》前に決定したことだからどうしようもないけれど、あなたは引き受けたんだ、最後まで責任を持っていただく」

憎々《にくにく》しげに宣告《せんこく》を下《くだ》し、校長室へと逃げ込むその背中に、金八先生は返事を叩《たた》きつけた。

「もちろんです！」

ほどなくして、初代三Bの山田麗子が充宏《みつひろ》と里佳《りか》の様子《ようす》を気にして、店にあった週刊誌を手に金八先生をたずねてきた。保健室で本田先生とともに当の記事を読んだ金八先生は、驚きのあまりしばらく口がきけなかった。気取った角度でうつった茶髪の少年の写真入りで「更生《こうせい》を誓《ちか》った元非行少年の悲痛な叫びを聞く」という見出しで飾られた特集記事には、金八先生が獄中《ごくちゅう》の成迫《なるさこ》先生から涙ながらに聞いた告白とはまるで違う物語が書かれていた。

——このほど、むしろ事件に巻き込まれたと言うべきS岡君が、司法と世間の非情さを訴えて編集部を訪れた。発端《ほったん》は二年前。読者は不純異性交遊の女子高生を持った現職教師の父親が、教え子を無惨《むざん》にも刺し殺した事件を覚えているだろうか。S岡君は殺害されたT君とは友人で当時十六歳。グループリーダーY（当時十八歳）の愛車で、かねて交際のあった女子高生を誘いドライブを楽しんだあと、××キャンプ場近くの林で、Yたちがセックスにふけるための張り番を命じられている。翌日、女子高生は遺体で発見され、T君は教師の成迫政之《なるさこまさゆき》に殺害され、S岡君はその後、リーダーYらと共に輪姦《りんかん》及び死体遺棄《いき》の疑いで逮捕《たいほ》されて少年院送りとなった。だが真相は死体遺棄ではない――

同じ記事を、政則はひとり川べりにすわり、怒りで全身をふるわせながら読んでいた。

――なおもセックスにふけりたいYと女子高生によって、T君らと共に追い払われるように先に帰されている。従って肉欲の限りを尽くし眠り込んでしまったYが、夜明けの寒さで目覚めた時、女子高生はすでに凍死《とうし》していて、Yだけが逃げ帰ったのではないと供述《きょうじゅつ》したが認められなかった。悲劇はなおもS岡君を襲う。少年院を一年二カ月で出所したが、彼の非行歴がわかると仕事にもつけず、旧友などに借金を申し込んだところ恐喝《きょうかつ》とされ、再び少年院に戻ったが、このほど出所するや、どのような職種でもよいから真面目《まじめ》な仕事を紹介して欲しいと本社編集部を訪れた。

以下は少年院での生活と前途《ぜんと》の闇《やみ》に絶望しかけた彼の肉声《にくせい》である——


政則《まさのり》は力まかせに週刊誌を地面にたたきつけた。心臓がドクドクと音をたて、悔《くや》し涙がとめどもなく頬《ほお》をつたう。砂利《じゃり》を踏む音にはっとして振りかえると、哲郎《てつろう》が立っていた。

政則と並んですわった哲郎は、学生服のポケットから暖かい缶コーヒーを二本取り出すと、呆然《ぼうぜん》としている政則へ突き出した。

「泣いている」

「ああ」

不器用《ぶきよう》だが、慰《なぐさ》めてくれているらしい。哲郎は政則の缶コーヒーを開けてやろうと、黙って悪戦苦闘している。政則は涙をふくと、哲郎の手からそっと缶をとり、プルトップをひいて渡してやった。にこっと笑った哲郎の無心さが、政則の胸に突き刺《さ》さった。

「ファイア」

哲郎の励《はげ》ましに、政則はすなおにうなずいた。

「飲んだら、帰ろ」

「ありがと。けど、僕は行く所があるんだ」

足もとの週刊誌をじっと見つめ、政則は決心を固《かた》めた。

「いっしょに、行く」

「哲ちゃんは学校に帰りな」

哲郎は嫌だと首を振った。

「帰るんだよ。みんな心配してるだろ」

「ヤダ！」

「言うことを聞けってば！」

政則が思わず怒鳴《どな》りつけると、哲郎は神経的に地団太《じだんだ》を踏み始めた。目には涙がいっぱいだ。

「哲ちゃん……」

たまらなくなった政則の目にも再び涙がふきあげ、政則は哲郎を腕いっぱいに抱きしめると、その肩で号泣《ごうきゅう》した。押さえつけていた悲しさ、悔《くや》しさがいっぺんにこみあげてきて、政則をのみこんだ。

帰りのホームルームの時間になっても、政則と哲郎は帰ってこなかった。追いかけて言ってすぐに二人を見失ってしまった一寿《かずとし》、信太《のぶた》、儀《ただし》もしきりと心配している。

「今日は都立一般で全力をふりしぼってきたんだろう。泣いても笑っても、ある意味さばさばとしてたたえあい、励《はげ》ましあえる日のはずのなに、あることないことでもめるなんて、こんな情けないことはありませんよ！」

そう叱《しか》る教壇《きょうだん》の金八先生を、賢《けん》がまっすぐに見すえて言った。

「先生！　だから本当のことを教えてください」

「本当のこと？」

金八先生の表情がさっと変わったのを見抜いたのかどうか、直《なお》が代わりに口を開いた。

「賢、それを聞いてどうする気だ」

「私はいやよ。成迫《なるさこ》君のお父さんが人殺しだったなんてこと信じない」

あかねが耐《た》えられないというように、激しく首をふってさえぎる。

「おれだって信じるものか。けどミッチーにからまれた政則《まさのり》の様子《ようす》は普通ではなかった」

「あたしはからんでなんかないわよ。それなのにあいつが顔色変えるから、こっちがびっくりしちゃって引っ込みがつかなかっただけだわ」

「政則の胸の中で一番触《ふ》れられたくないものが本当は何なのかわからなければ、僕たち彼を守ることも、本当の仲間にもなれないじゃないですか」

充宏《みつひろ》の言いわけを無視し、賢はその真剣なまなざしを金八先生からそらそうとしない。ふだんは口を開けば立て板に水の担任が、苦しげに黙っている。予想に反してことが大きそうだと知ると、噂《うわさ》を流した張本人である里佳《りか》のほうが恐れをなして、口をはさんだ。

「だから、大きな事故を目の前で見てしまったトラウマだって、先生が。それでいいじゃないの！」

「先生、でも成迫君と哲ちゃんは……」

心配する繭子《まゆこ》に、金八先生は疲れた顔でうなずき、みんなに向かって頭を下げた。

「大丈夫だ。家の方にはちゃんと連絡してあるから、帰れば電話が来ます。だから頼むよ、つらい思いをしてしまった政則を、どうかそっと見守ってください。ミッチーも面白半分にいいかげんなことを言いふらさないでほしい。お願いします」

「いいわよ、やっぱあたしが一番の悪者なんだから」

たちまち、充宏がふくれる。

「充宏。私はね、誰《だれ》がいいの悪いのと言ってんじゃないんだ。たしかに政則はいろいろと事情を抱《かか》えています。けれど、それはこの三Bには関係のないことです。だから、その傷口にふれて、いたたまれないような思いをさせないでやってください。卒業まであと少しの三Bじゃないか」

「先生、政則《まさのり》のその傷口というの、僕たちが知らない方がいいのですか」

賢《けん》に真顔《まがお》でたずねられ、金八先生は苦しげに返事をしぼり出した。

「私はそう思う」

「何のことかわからないけど、僕だって無理には知りたくない。けど、それではやっぱ何か上《うわ》っつらだけの三Bの気がします」

重苦《おもくる》しい沈黙を、力まかせに引き裂《さ》いたのは美紀《みき》だった。

「じゃあ、みんなは私の親がなんで飛び降りたか、そのわけが知りたい？　何人のお客さんに損害かけたか、その合計額は」

「やめろよ、美紀！」

信太《のぶた》がいたたまれずに叫ぶ。

「だったら政則のことだって同じじゃん！」

「僕はそう言う意味で先生に言ったんじゃない」

賢と美紀がにらみあっている。黙って成り行きを見守っていた直《なお》は、再びくっきりとした口調《くちょう》で言った。

「信太に賛成。本当のことがわかったところでどうしてやることもできないことがあるんだ。これ以上聞けば、先生は嘘《うそ》を答える」

直の鋭い言葉は、金八先生の胸をひと突《つ》きにした。

「そうだね、教師とは、時に大嘘つきになります。それはみんなの一人ひとりを大切に守らなければならないからなんだ。頼む、政則のことは、もう少し時間をください」

金八先生は直を、そして賢たちを見つめ、頭を下げた。そのとき、静まり返った教室のドアががらりとあいて哲郎《てつろう》が入ってきた。

「政則は？」

しょんぼりと入ってきた哲郎に、繭子《まゆこ》と一寿《かずとし》が同時にたずねる。

「……行っちゃった」

「どこへ？」

「わかんない」

途方《とほう》にくれたような顔をして、金八先生に抱きついてくる哲郎を、金八先生は黙って抱きしめてやった。腕の中にあるのは、金八先生自身のせつなさ、やりきれなさでもある。

哲郎《てつろう》が学校へ戻った頃、政則《まさのり》は週刊誌を握《にぎ》りしめて、電車に乗っていた。発行元の住所を頼りにやってきた『週刊ジャーナル』の編集部は、神保町《じんぼうちょう》の雑居《ざっきょ》ビルの一室にあった。

「ごめんください」

政則がそっと扉を開けると、まず、壁に貼《は》られたヌードポスターが目にとびこんできた。書類やら雑誌類やらが積みあげられた乱雑な机の間から、中年の男とラフな格好《かっこう》の若い男がこちらを見た。編集長の木元《きもと》とフリー記者の田淵《たぶち》である。男たちのいぶかしげな視線に、政則は小さく会釈《えしゃく》して名乗った。

「僕、成迫《なるさこ》政則と言います。S岡という人に会わせてください」

「S岡?」

「こいつです」

政則が突きつけたS岡の写真のページを、木元がちらりと見て言った。

「ああ、この前の安岡か」

「安岡?　安岡というのですか、この男」

必死で詰《つ》め寄る政則の様子《ようす》を、木元は値踏《ねぶ》みするように眺《なが》め回している。

「で、どういうこと？」

「会いたいんです。住所を教えてください！」

木元の目が、一瞬、獲物《えもの》をねらう獣《けもの》のように光った。

「きみ……成迫と言ったよね、もしかしたら友田勉《つとむ》を刺した先生の息子？」

「そうです」

きゅっと唇《くちびる》をかんで政則が答えると、木元は愛想《あいそ》よく顔をほころばせた。

「そうだったの。ま、こっちへ来てすわんなさいよ」

「結構です。教えてもらえばすぐ帰ります」

急に馴《な》れ馴れしい態度に変わった木元を見て、政則は警戒する顔になって断《ことわ》った。しかし、男は政則の拒絶など気にしないふうで、積んであった雑誌類を横に押しやり、政則の席をつくった。

そうしながら、木元が田淵に目配《めくば》せしたのに、政則は気づかなかった。

「わかるかな、おい」

「取材謝礼の領収証に住所あると思うけど、今、会計さんが外に出てるんで」

田淵のアドリブにもっともらしくうなずき、木元はいかにも理解のあるまなざしを政則に向ける。

「そうか。きみは今どこにいるの。わかったら知らせるから」

「だったら、また来ます」

「電話でもいいよ。で、安岡に会ってどうする気?」

聞かれると、政則《まさのり》はつい真剣になって訴《うった》えた。

「父がしてしまったことは事実です。だから今、服役《ふくえき》中です。けど、この安岡の言っていることはデタラメです。殺された姉のためにも黙っているわけにはいきません。もう一度あいつに会って、この記事も訂正してくれませんか」

「それはね、事実を報道するのがわれわれの仕事だし」

木元《きもと》がもっともだというようにうなずくので、その手ごたえに希望を持った政則は、いっそう一生懸命に説明する。

「ではお願いします。姉は部活でもレインボーハウス活動のメンバーだったし、不純異性交遊なんて遊びまわっている時間はなかったこと、姉の友達に聞いてくれたらわかります。ボランティアでハンデの人の施設にも行っていたから、そこの日誌を見てくれたら訪問日や時間だって書いてあるはずなんだから」

「そうだよね。あの時、きみはどうしてそういうことを教えてくれなかったのさ」

「だって、だってあなたたちはただ僕たちを追いまわしていたじゃないか。夜中でも玄関のインターホンを押しまくり、校門にも張り込んでいるから、学校に行くことだってできなかった」

そう言いながら、政則の目には涙がにじんだ。正則の感情を煽《あお》るように、木元は大げさに同情し、政則に味方であることをアピールする。

「それはワイドショーだろ。奴ら、実際、情《なさ》け容赦《ようしゃ》ないからねえ」

「でも、あなたたちだって、安岡の言うことだけを記事にするのは同じことでしょ！」

「その通り。だからきみの言い分も聞くよ。話してくれないか、お姉ちゃんのことや今のきみのこと」

木元はとびこんできたネタにほくほくして、誘導尋問《じんもん》をはじめた。その間、アングルを測《はか》っていた田淵《たぶち》がすかさずシャッターを切り、そのシャッター音に政則の表情は硬化《こうか》した。

「話すことは何もありません。僕は安岡に会って言ってやりたいし、姉に謝《あやま》らせたいだけなんだ！」

身をひるがえして出て行く少年を見送ると、木元は田淵と顔を見合わせて笑った。

「こりゃ、続編《ぞくへん》で行けるじゃないか」

「行けるなんてもんじゃないっすよ」

田淵が親指を立てて答える。

「よし、明後日《あさって》発売のに突っ込みだ！」


編集室を飛び出した政則《まさのり》は荒川べりまで戻ってきて、家に帰る気にはなれず、そのまますわりこんだ。木元は連絡することを約束したが、自分が知らないところで安岡がまた編集室へ来て嘘《うそ》八百を並べるのではないか。姉を侮辱《ぶじょく》する数々《かずかず》の記事とともに、血と泥水にまみれた無惨《むざん》な姉の遺体、清《きよ》らかだった姉の笑顔が脳裏《のうり》に浮かんでは消えた。そして、週刊誌の上のピアスの男の顔。それまで、政則親子にとって犯人には顔がなかった。誰も謝罪に訪れなかったし、未成年だからということで姉をなぶり殺した犯人たちの名前も事件の詳細《しょうさい》も知ることができず、ただ殺された姉と父親の顔写真だけが興味本位の解説とともにテレビや新聞、週刊誌に流され、姉は安岡たちに加え無責任なメディアによって二重に犯《おか》されたも同然だった。川面《かわも》で揺れる夕陽のかけらをじっと見つめていた政則は、記憶の中で微笑《ほほえ》む姉に仇討《あだう》ちを誓《ちか》って、立ち上がった。

そんな政則の燃えるような憎悪《ぞうお》も知らず、安岡は仲間とともにアパートの一室で騒いでいた。恐喝《きようかつ》よりも簡単な、週刊誌という新しい金づるを見つけて安岡は有頂天《うちようてん》だった。

さらに、都合《つごう》よく歪曲《わいきよく》された週刊ジャーナルの記事と写真は、仲間うちで安岡を英雄にした。取材謝礼としてもらった金で遊びながら、安岡たちは自分たちがどんなに手際《てぎわ》よく登美子《とみこ》という獲物《えもの》をとらえたか、少年院に入れられはしたが、どんなにかしこく罪をすりぬけたか、繰り返し話し、興奮した。面識《めんしき》のまったくなかった登美子同様、パシリとして毎日こき使っていた勉《つとむ》の死も、彼らにとっては何の重みもなかった。

「けどよ、まさかセンコーが勉を刺すとは思わなかったよな」

ヨージの言葉に、ジミーは笑いながら言う。

「死人に口なし。あれはあれでよかったんさ」

「けど、あんないいオンナを簡単に連れ出すなんて勉もいい腕だったぜ」

しかし安岡にしてみれば、いい腕なのは勉ではなく、勉に指図《さしず》した自分の方である。

「なあに、ファミレスの前で落ち合あうと勉が言ってたから、こっちはそこに車停《と》めて待ってただけさ」

ファミレスの前で人待ち顔に立つ勉《つとむ》に、黒いストレートの髪をなびかせて走り寄る制服の登美子《とみこ》を見たとき、車の中で安岡たちは野卑《やひ》な歓声《かんせい》をあげた。運転席のジミーがスルスルと二人のそばに車を寄せ、ドアをあけた安岡は力まかせに登美子をひきずりこんだ。指示通り、逃げ口をふさぐように勉が乗り込み、車をさっと発進させる。まるで、練習をつんだかのようなスムーズな連携《れんけい》プレイで、白昼《はくちゅう》堂々の誘拐《ゆうかい》は成功したのだった。シートに押し倒された登美子の悲鳴は、スピーカーから流れる大音量のロックと安岡たちの笑い声にかき消された。そのまま、林の中へ連れ込み、逃げまどう登美子を皆で抑《おさ》えこんだときも、勉はただ震《ふる》えるばかりだった。そして、自分の名を呼んで泣き叫ぶ登美子に安岡たちが群《むら》がっているすきに、逃げ出していった。役割を終えた勉を、もう誰も追わなかった。

「けどさ、よくおれたちのこと口を割らなかったな」

ヨージが言うと、安岡は小ばかにしたように鼻を鳴らした。

「要するに意気地《いくじ》なしのお坊ちゃんだったんだよな。こわかったんだよ」

「あの女子高生、もったいなかったな。やっぱ、車に積んで帰ればよかった」

ジミーは勉のことには興味はなかった。

「バーカ、それで足がついたらどうする」

「ヤラセ女で通せばいいさ、今だってそうなってるじゃん」

さらりと言ったジミーの言葉に、みなが笑ったところへ、木元《きもと》からの電話が入った。

上機嫌《じょうきげん》で電話に出る安岡に、木元は続編の取材を持ちかけた。

「この前の記事を見て、女子高生の弟がえれえ権幕《けんまく》でやって来たぜ。どうだい、まだ中学生だけど対決してみるか」

「いいすよ。けど、取材謝礼ってえれえ安いじゃん、もうカラッケツすよ」

そう答える安岡の手から、ヨージがケイタイを取って言った。

「だからさ、おれたち今、よそにも売り込めってけしかけてるところ。おれにもケイタイの貸し賃くれるとうれしいんだけどな」

木元の返事でさらに稼《かせ》げそうな気配《けはい》を察すると、安岡は明るく媚《こ》びた。

「じゃ、お願いしまーす！」

再び記事になると知り、安岡たちはすっかり興奮していた。

「よそにも売り込むってのがよかったぜ。好きだね、奴らは、こういう話」

「女やっちゃうのはいいけどよ、やっぱ殺しちゃまずいぜ」

ヨージは終わったはずの事件を再び掘り返されることを恐れ、少し不安そうだ。

「殺してねえよ、置いて来ただけさ。あとで雨が降ってきたのはおれたちのせいじゃねえ」

安岡は自信たっぷりに言って、とりあえずは木元に値上げ交渉をすべく上着《うわぎ》をはおった。

放課後、哲郎《てつろう》と繭子《まゆこ》、一寿《かずとし》、信太《のぶた》、儀《ただし》たちは、必死で政則《まさのり》を探し回っていた。けれど、政則の姿はなく、近くで政則を見かけたという話すら聞かなかった。最後に政則といっしょだった哲郎のたどたどしい話をきいて、皆は金八先生のところへやってきた。

「哲ちゃんはS岡という嘘《うそ》つき野郎を探してんじゃないかって」

一寿が説明する横で、哲郎がこっくりとうなずいている。

「けど、どうやって……」

思い当たって、金八先生は蒼《あお》くった。

週刊ジャーナル社のある雑居ビルの表では、戻ってきた政則がもう一時間以上も張り込んでいる。安岡の写真のページを開いた週刊誌を握《にぎ》りしめ、向かいのビルの陰《かげ》から、じりじりしながらビルの出入りに目を配《くば》っていると、向こうから長身の男がやってくるのが見えた。写真の安岡だ。次の瞬間、政則ははじかれたように男に向かって突進していた。

「安岡！　おまえ、安岡だよな」

いきなりのことに驚いている安岡に、政則は激しくせまった。

「いっしょに警察へ行こう！　行って全部本当のことを言ってくれ！」

「誰《だれ》だ、おまえは？」

「成迫《なるさこ》政則。おまえに姉を殺された」

目の前の少年の握りしめている週刊誌に気づくと、安岡はパッと逃げ出したが、猛然とダッシュする政則にすぐに追いつかれ、人気《ひとけ》のない駐車場でにらみあう形になった。けれど、まともにぶつかりあえば、上背《うわぜい》がありケンカ慣《な》れしている安岡の方が断然《だんぜん》強い。強烈な一撃《いちげき》をくらって倒れる政則の前で、週刊誌を踏みにじって安岡は吠《ほ》えた。

「何言ってんだ、バッキャロー、こんな事件はとっくにカタがついてんだよ！」

「ついてるもんか！」

はね起きた政則は全身で、再び安岡に突進していく。その体を激しく振り払ったものの、政則の激しい憎悪に燃えた執拗《しつよう》な視線に、さすがに安岡はたじろぎ、思わずナイフをかまえた。

「ド阿呆《あほう》が！　わけわかんないことを言いやがって。ナメるんじゃねえ」

安岡はギラリと光るナイフを、政則《まさのり》に向けて身構《みがま》えた。

「政則！」

駆けつけた金八先生が叫び、安岡がぎくりとなるが、政則はナイフを凝視《ぎようし》したままだ。その脳裏《のうり》に一瞬、父親が友田を刺《さ》した光景が浮かび、政則はぎゅっと目を閉《と》じると、叫び声をあげながらナイフへ向かってわが身をぶつけていった。驚いたのは安岡である。かろうじて政則の体を避《さ》けたものの、はずみでナイフはざっくりと政則の制服を裂《さ》いた。悲鳴《ひめい》をあげて逃げ出す安岡をなおも追う政則を、金八先生が全力でタックルしてやっととめた。

「政則！」

「先生！　あいつが安岡だ！　あいつが姉さんを殺した！」

叫びながらもがく政則を、金八先生が必死で羽交《はが》い絞《じ》めにしながらなだめる。

「落ち着け！　もう少しで刺されるところだったじゃないか。なんてことするんだ！」

政則はきらっと鋭く目を光らせて、金八先生を見た。

「父は勉《つとむ》を刺したけど、ぼくはあいつに刺されるつもりだった。けど、ただで殺されはしない、殺される代わりにあいつをもう一度刑務所に入れてやる！」

憎悪《ぞうお》に目のくらんだ政則の言葉を聞くなり、金八先生はその頬《ほお》を張り飛ばしていた。

「自分の命をそんなに軽がるしく考えるやつがあるか！」

「だって、誰も姉さんが本当の被害者だと信じてくれないじゃないか！　あんなやつの嘘《うそ》っぱちを許しておくくらいなら、ぼくは！」

政則の瞳《ひとみ》から悔《くや》し涙が噴《ふ》き出す。姉は殺されたが、死んだ姉を汚《けが》すことで甘い汁を吸い続ける人間は生きている。そんな中をひとり残されて生きていくくらいなら、命とひきかえにでも仇《かたき》をとって姉のところへ行く。そんな政則の思いを察したのか、金八先生は政則を抱く腕に力をこめて言った。

「政則！　政則！　おまえは一人じゃないと、私の言葉を忘れたのか。繭《まゆ》子《こ》も哲ちゃんも一寿《かずとし》も儀《ただし》も、信太《のぶた》だっておまえを心配して探しまくっている。おまえがわざと殺されて一寿たちが喜ぶと思ってんのか。おまえがくだらない記事と命をひきかえにするのなら、おまえの負けになるんだぞ」

「けど」

「けどもヘチマもない！　いっしょに警察に行くんだ。行ってナイフ振りかざしたやつを取り締まれと要求するんだ。警察もバカじゃない、この制服がナイフで裂かれたものだくらいすぐわかる。いいか、そういうやつを野放《のばな》しにしておかないことは、第二、第三のお姉さんの被害を防ぐことにもなるんだぞ。おまえがあいつを許せない気持ちはわかる。けど、これ以上、お父さんとおばあさんを悲しませてはいけないんだ。私も三Bも先生方《がた》も怒るぞ、ほんとに！　おまえが私たちを信用していないということなんだからな。味方の、仲間の心を裏切るな！」

金八先生の叱責《しっせき》に政則《まさのり》は声をあげて泣いた。

遅くなって金八先生は政則を家へ送っていった。心配してずっと家で待機《たいき》していた池内先生は、おとなしい政則がひとりで出版社にのりこんだときいて仰天《ぎょうてん》した。それも決して行儀《ぎょうぎ》のよい出版社ではない。あの後、金八先生が何度編集部へ電話をしても、受話器の先の男は責任者が席をはずしていてわからないの一点張《ば》りだ。政則は口数も少なく、すぐに自室へこもってしまった。ドアの向こうからかすかにもれるすすり泣きに、金八先生と池内先生は胸を痛めた。健次郎の時に世話になった弁護士に相談できるかもしれないと、政則はしばらく学校を休ませることにして金八先生は重い足どりで帰っていった。

ところが、金八先生たちの心配はずっと早く現実のものとなった。翌々日の朝、朝刊の雑誌広告を見て金八先生は愕然《がくぜん》とした。目の部分に目隠しを入れた政則の写真の横に、『中学生、報復戦争宣言』の見出しが躍《おど》っていた。同じ新聞を見た池内先生からすぐに電話が入った。金八先生は政則に新聞を見せないようにと頼んだが、階段で電話を立ち聞きしていた政則は、朝食を終えるとそっと家を抜け出した。近くのコンビニで『週刊ジャーナル』の最新号をとり、目次を見てページを繰《く》る。そこにはおどろおどろしい字体で『血に呪《のろ》われた一家』とあり、政之《まさゆき》と目隠しの入った登美子《とみこ》、それに自分の写真三枚が麗々《れいれい》しく掲載《けいさい》されている。政則は怒りに蒼《あお》ざめた。

職員室でも教師たちが同じ週刊誌を囲《かこ》み、口ぐちに怒り、政則を心配していた。

「更正《こうせい》を目ざす少年に報復を宣言するのはやはり殺人鬼《き》の血をひいているのか、だなんてひどすぎる」

国井教頭が頭を振り、成迫《なるさこ》先生は立派な教師です、と乾《いぬい》先生も憤慨《ふんがい》して言った。そんな中で校長だけが、いっさい無視の構《かま》えをつらぬき、校長室にこもっていた。

「こんなときこそ、生徒を守らないでどうするんですか」

ライダー小田切《おだぎり》は呆《あき》れたように、ぴったりと閉ざされた校長室へのドアを見やった。

三Bの教室では、これまでになく大騒ぎになっていた。充宏《みつひろ》が鬼の首をとったように週刊誌をふりかざしてわめいている。

「ほら見てよ。やっぱ政則《まさのり》の親父《おやじ》は人殺しだったぜ。これ、今日発売の新しいやつ。目隠しが入っているけど、この写真、正則に間違いないわよーっ」

充宏の周りに人だかりができる。

「やだねーっ。そんな子が同じクラスにいるなんて」

この間の反省もない里佳《りか》を、あかねがとがめるように見た。

「だからって、成迫くんがいったい何をしたって言うのよ」

「だからさ、やつはあの時、教室とび出して行ったあと、この週刊誌に怒鳴《どな》り込んだの」

充宏がとくとくと解説する。政則と仲のよかった繭子は、充宏をにらみつけた。

「成迫くんに限って、そんなこと考えられない！」

「だったら読めよ。姉ちゃんをやった奴に報復宣言だって」

「だって、その子は政則のお父さんに……」

美保《みほ》が困って言葉を探し、おずおずと言った。

「つまり制裁《せいさい》されちゃったんでしょ」

「だから刑務所にぶち込まれてるんだって。生徒を殺してしまう教師って考えられるぅ？」

充宏がいやらしく語尾《ごび》をひきずって周囲を煽《あお》る。そんな充宏を激しくにらみつけている直《なお》を押しのけるようにして、賢《けん》がくってかかった。

「やめろよ、そんな言い方！　親のやったことと政則とは関係ないだろ」

しかし騒ぎが大きくなればなるほど、充宏は調子《ちようし》にのっていくようだ。

「どうしてぇ？　おとなしそうな顔してるかと思えば、急にでかい声でわめくしよ。チューが指切った時だってすげえ騒ぎだったじゃん。気味《きみ》悪いとは思わなぁい？」

「ああ、おまえの女言葉と同じ程度さ。それでみんなが我慢《がまん》できないことではない」

「いやあねえ、このお兄さん」

充宏は賢の真剣さをバカにしたそぶりで取り巻きを見回すと、すぐに香織《かおり》が反応した。

「私はさ、交通事故を見ちゃったトラウマとか嘘《うそ》ついて同情かってたのが気に入らない」

「それは個人のプライバシーだろ。嘘だったかもわからないけど、僕たちが彼を教え子殺しの息子だと知る必要はないいんだ」

「弁護士のせがれだからって、えらそうなこと言わないでよ！」

「逆差別！」

賢《けん》の親友の平八郎が大きな体でさっと賢の横に立つ。

「差別はあんたたちだ。アタシのことをいつだって笑いもんにしてるくせに。クラスの一大ニュースを騒いでどこがいけないのさ」

わめく充宏《みつひろ》を中心にしたかつてのとりまきに対して、美紀《みき》が思わず口をはさんだ。

「そっとしておきたい人だっているんだから」

「ふん。新聞に書かれた仲間だからって、いやにいい子ぶらないで」

充宏は容赦《ようしゃ》なく美紀の急所をつき、かっとなる美紀を直美《なおみ》がけんめいに押さえた。信太《のぶた》がうんざりしたように言う。

「ミッチー。もうそのくらいにしとけや」

「アタシはこの際、徹底的にやる。アタシにオカマのまねさせて喜んでたのは誰《だれ》よ！」

奈津美《なつみ》はあきれ果てて充宏を見た。

「そんなの、自分がやりたくてやってたんでしょっ」

「ああ、そうよ。アタシだってスターでいたいもん」

「だったら、それと政則の立場をごっちゃにさせるな！」

「アタシに命令？　冗談《じょうだん》じゃないわよ。言論の自由があるって知らないの」

充宏はみなの視線を一身に浴《あ》びてますますハイになり、傍若無人《ぼうじゃくぶじん》にわめき散らした。

「この野郎っ！」

たまりかねて、飛びかかろうとする儀《ただし》を信太が羽交《はが》い絞《じ》めにして止めると、充宏はそんな二人を嘲《あざけ》るように見下《みお》ろしながら、シナをつくって挑発《ちょうはつ》した。

「ふん。口でかなわなきゃ暴力ってのね。かかってらっしゃいよ、カモン」

途端《とたん》に思わぬ方向から、いきなり体当たりしたのは直《なお》だった。ふいをつかれてよろめき、振り返った充宏の顔に、直のアッパーカットがまともに炸裂《さくれつ》した。そのまま、殴《なぐ》り合いになり、女子が悲鳴をあげる。賢と平八郎、一寿《かずとし》らが止めに入ろうとするが、逆上《ぎゃくじょう》した充宏が椅子《いす》を振り回すので、近寄れない。

「女だからって大目《おおめ》に見てたけど、こいつは一度ぶっとばすつもりだったんだ」

「やめろ！」

賢と信太が同時に叫んだが、直もまた耳を貸さずに、充宏をにらみつけたまま吠《ほ》えた。

「男も女もないっ。誰も手を出すな！」

直は近くの椅子をつかみ、充宏に投げつけると、一瞬相手がひるんだ隙《すき》をついて再び体当たりしていった。組み合ったまま、床《ゆか》を転《ころ》がりながらの殴り合いだ。三Bの大半があまりに凄《すさ》まじい闘《たたか》いになかば呆然《ぼうぜん》として、手が出せないまま二人を見守っていたが、美紀《みき》が意を決してその間にとびこんだ。

「やめてってばーっ」

美紀はたちまちはじきとばされ、机の角で頭を打った。鮮血が額《ひたい》をつたい落ち、いくつもの悲鳴があがる。一方ではパニックの哲郎《てつろう》が椅子《いす》をふりかざして、二人の争いに参入《さんにゅう》しようとするかのように走り回り、繭子《まゆこ》、チュー、健介《けんすけ》たちが懸命に追いかけている。美《み》保《ほ》に呼ばれて、金八先生が教室にやってきた時、直《なお》は体力の限界でふらつきながら、なおも充宏《みつひろ》にとびかかっていこうとしていた。

「直！　充宏！」

金八先生の叫び声も耳に入らないらしく、二人の乱闘は続く。椅子が倒れ、机がすべる中、誰も直たちをとめられないだけでなく、哲郎の振り回す椅子からも身をかわさねばならない。すさまじい叫び声に、他の教師たちも次つぎと駆けつけ、三Bの入り口には人だかりができている。金八先生は充宏のふりあげた椅子をかいくぐって、正面から直にタックルした。次の瞬間、背中に充宏の椅子が振り下《お》ろされ、金八先生は痛みのあまり膝《ひざ》をついたが、かろうじて引き離した直を、信太《のぶた》と儀《ただし》がおさえこんだ。一瞬、動きのとまった充宏に、賢《けん》とスガッチがとびついた。平八郎と一寿《かずとし》は哲郎をおさえている。とびこんできた本田先生は、頭から血を流す美紀の傷を見ると、頬《ほお》をすりむいたチューもいっしょに保健室へ連れて行った。

直と充宏はそれぞれ羽交《はが》い絞《じ》めにされながら、荒い呼吸でまだ激しくにらみあっている。

「ご心配かけて、申しわけありません！」

やってきた国井教頭や乾《いぬい》先生に金八先生が謝《あやま》ると、江里子が涙声で叫んだ。

「先生は何も悪くない！」

「そうだよ、こいつがいきなりおれにかかって来やがって！」

憎々《にくにく》しげにそう言って直の方へ顎《あご》をしゃくる充宏を、乾先生が一喝《いっかつ》した。

「たとえどっちが先に手を出そうが、椅子をふりまわしたらどうなるかわかるだろ！　とにかく机を直して全員席につきなさい！」

ようやく、皆は席をととのえはじめた。落ち着いたと見て、賢たちが羽交い絞めをはずした途端《とたん》に、充宏は足もとに転《ころ》がっていた椅子を思いきり直の方へ蹴った。やはり羽交い絞めから解放された直が、その椅子をつかむなり充宏に向かって投げつける。とっさにスガッチが充宏を床に引き倒した。椅子は宙を飛んで窓ガラスを突き破り、ガラスの破片とともに校庭へ落ちた。悲鳴《ひめい》。かっとなってはね起きた充宏《みつひろ》の頬《ほお》を、健介《けんすけ》が震《ふる》えながら張り飛ばした。椅子《いす》とガラスの降って来た校庭へ、花子先生とケアセンターの職員が、三Bにはさらにライダー小田切《おだぎり》や小林先生も駆けつけた。ただ一人、校長だけが、頑固《がんこ》に我関《われ》せずを決め込んでいた。

「校長先生！　お願いします。ここはやはり校長先生におさめていただきませんと！」

かきくどく北先生を校長はなかばおびえたように見て、机の両端をぎゅっとにぎりしめた。

「北先生、あなたまで私を巻き込もうとするのですか！」

今や充宏と直《なお》は教室の両端に遠く引き離された。直は体力の限界で意識が薄れそうになるのを、小田切と信太《のぶた》に支えられて必死で耐えている。充宏の方は、興奮がさめずに熱に浮かされたようにわめいていた。

「なんでおれだけが学級委員に殴られなきゃなんないのよ！　あいつが先に手ぇ出したってさっきから何度も言ってるじゃないのさ！」

「けんか両成敗《せいばい》！　そんなに暴《あば》れたいのなら、お前も直も好きなだけ私がぶん殴《なぐ》ってやる！　それより、こんな騒ぎを起こし、止めに入った者にけがまでさせて、二人ともなぜ先生方《がた》やみんなに謝《あやま》らないんだ！」

金八先生に怒鳴《どな》られても、充宏は黙らなかった。

「謝ってもらいたいのはこっちの方よ。これまでだって、女だと思って我慢してやってたのに、あの女、いい気になりやがって！」

ヒステリックにわめき散らす充宏を、直は一言《ひとこと》でぐさりと突き刺す。

「私が女だったら、おまえは犬だ！」

「直！」

もはや、金八先生もそして直自身も、直の怒りを止められなかった。

「汚ないことばかりして、男の風上《かざかみ》にも、いや人間として認めない。だから尻尾《しっぽ》だけ振ってる犬だ」

「だったら、お前は何者だ。お前は人間か、それでも女か！」

「私は女じゃない！」

直は反射的に叫んでいた。金八先生がぎくりと直を見る。

「私は！」

肩で呼吸していた直は、深く息を吸い込むと毅然《きぜん》とした口調《くちょう》で言い放った。

「男だ」

耳を疑うように全員が直を注視《ちゅうし》する中、充宏《みつひろ》がけたたましく笑い出した。

「なにがおかしい！」

金八先生の剣幕《けんまく》に充宏の神経的な笑いは止まったが、今度は受けをねらった大げさな動作で一同に向かって言った。

「そんなら、こいつは何なんだ？　バケモノかよ」

「……本当は、私は、男なんだ」

直《なお》の答えは苦しげであり、同時に決然としていた。意外な言葉に、一同は金縛《かなしば》りにあった。

美紀のけがは幸いたいしたことはなかった。応急処置を済ませた本田先生に直の様子《ようす》をきかれ、金八先生は直が帰ったことを告《つ》げた。

「帰ったって……？」

「彼女は、いや、彼というか、自分でカミングアウトしました……本田先生のところへ、と言ったのですが、他の子もショックでとても引き止めることはできませんでした」

「そうでしたか……」

本田先生は複雑な表情で、保健室の隅《すみ》にかかっている直の女生徒用の制服を見つめた。

直は乱闘《らんとう》で袖《そで》のとれかかったジャージのまま、一人で土手《どて》の道を歩いて帰っていった。うずく打撲《だぼく》の痛みと悲しみとに足をひきずってはいたが、どこかに解放感もまた感じていた。ドアの開く音をきいて玄関に現れた成美《なるみ》は、乱れた服装で壁に痛む体をあずけている直を見て驚き、直はかすかな微笑《びしょう》を浮かべて母親を見た。

「ママ」

「どうしたの、いったい？　何があったの」

「ごめんなさい。直はカミングアウト、しました」

成美は疲れ果てた直の顔をじっとみつめ、黙って抱きしめた。

「……ほんとにごめんなさい。もう、あの学校にも行けなくなってしまった」

腕の中で直がうめくように言うのを、成美は涙で黙らせた。

「いいの、何も言わなくて、いいの」

傷ついた少年である直の痛みを共有して、二人は長いこと動かずに抱き合っていた。しばらくして、成美は学校の金八先生に謝罪の電話をかけ、卒業式まで欠席させてくれるように頼んだ。

「……あとほんの少しですので、また転校などさせずに済むようにお力添《ぞ》えをお願いできませんでしょうか」

「もちろんですとも。直《なお》くんにはこの桜中学を巣立って行ってほしいと私は思っています」

金八先生は、直の痛みと自分の力不足を感じながら承諾《しょうだく》した。自室のベッドに寝ころび、直は放心したように天井《てんじょう》を見つめていた。衝動的にカミングアウトしたことを後悔する気持ちは不思議となかったが、賢《けん》の驚いた顔は何度も思い出された。

〈そうなんだ、ハセケン、イエスタデイというのはおれだったんだよ。だますつもりなんかなかった。君と話がしたかったんだ、男どうし……友だちとして……〉

三Bでそんな騒ぎが起きているとは知らず、政則《まさのり》は家でいらいらしながら過ごしていた。新しい記事のことを思うといても立ってもいられず、政則は編集部に電話をかけた。

「そうです、安岡靖《やすし》の連絡先です。ひどすぎるよ……。この前は逃げられたけど、対決させてください！　僕は」

木元《きもと》と話していると、台所から来た池内先生は物も言わずに脇《わき》から電話を切った。

「坂本先生があせるなとおっしゃったでしょ。向こうの口車《くちぐるま》に乗ったら、またまた餌食《えじき》にされるだけよ」

「けど、今度も書かれっぱなしで、ただじっとしてるなんてこと、僕にはとても」

悔《くや》しそうに唇《くちびる》をかむ政則を見て、少しは気がまぎれるだろうと、池内先生は「ほっとスクール風」へ政則を連れて行った。迎えに出た服部《はっとり》先生はしみじみと政則を眺《なが》め、目を細めた。

「そうか、君が政則くんか、すっかり大きくなったねえ」

金八先生や池内先生と同じく、若い頃からの成迫《なるさこ》先生の研究仲間だったのである。

「何たってお母さんの、うん、きみにはおばあさんのおふくろの味が魅力でさ、よく成迫先生のお宅にはお邪魔《じゃま》したよ。君はまだ小さかったから覚えてないかもしれないけど。ボランティアならいつでも大歓迎だよ」

政則は自分の知らない父の姿をうれしそうに話す服部先生のそばで、その日一日、不登校の子どもたちの遊び相手をして過ごした。

放課後、学校でのできごとを聞いたといって、賢《けん》の父親の清史《きよふみ》が賢とともに学校へ金八先生を訪ねてきた。弁護士の父親に、賢は直のカミングアウトのこと、政則《まさのり》の名誉を汚《けが》す卑劣《ひれつ》な記事のことを話し、どうしても戦うべきだと食い下がったのだという。

「実は、神戸学園大の大山教授らといっしょに、性別適合手術《せいべつてきごう》を行なった人たちの戸籍《こせき》訂正訴訟にかかわっております」

「それでは！」

金八先生は、驚いて法律事務所の名刺を差し出した清史《きよふみ》を見つめた。だとしたら、直はなんと運がいいのだろう。賢の父親はきっと直の力になってやれるに違いない。

「クラスメートの前でカミングアウトをした生徒さんがいて、かなりの大暴《あば》れがあったようですが……」

「それも政則のことが原因なんです。鶴本《つるもと》直は政則がひどくからかわれたので抗議したんです」

必死に説明する賢に、金八先生はわかっているというようにうなずいた。

「うん、直は暴《あば》れたくて暴れたわけではない。充宏だってあそこまで騒ぎになると思ってワルノリしたのじゃないと思う。けれど直には許せなかった。私だって自分ではどうすることもできない問題で政則があれ以上傷つくことがあってはならないと思っているよ」

金八先生はそこまで言って、口をつぐんだ。この後、どうすべきなのか、金八先生にもわからないのだった。

「先制攻撃をかけるべきでしょうね」

清史が言う。いつのまにか、清史のまわりに職員室の教師たちが集まってきていた。

「先制攻撃……？」

「もし、学校と生徒がみんなで成迫《なるさこ》くんを守るのだと意見が一致したのなら、『週刊ジャーナル』で報道されたのは、この桜中学の生徒であるとマスコミ各社に明示する」

「そんなことをしたら、ワイドショーや週刊誌がどっと本校に押し寄せて、マスコミのかっこうの餌食《えじき》じゃありませんか」

国井教頭が悲鳴に近い声をあげる。清史は首をふって、『週刊ジャーナル』のような名誉毀損《きそん》ともいえる悪質な報道だけでなく、集団で個人を追いかけ回すメディアスクラムもまた、基本的人権の侵害になるはずだと説明した。逃げてばかりいたのでは、結局、政則はいつマスコミに見つかるかとびくびくしながら暮らさざるを得ない。それより、正々堂々正体《しょうたい》を明かしておいて、取材に対するガイドラインをきちんとマスコミに提示した方がいいのではないかというのだった。皆は感心して清史の話をきいていた。あとの仕事、つまりガイドラインを作成し、学校の問題として皆の了解を得るのは、金八先生たちの仕事だった。

ところがこの二人の転校生については校長が頑《かたく》なに関与《かんよ》をこばんでいる。校長不在で決をとるのは不可能だ。金八先生たちは知恵をしぼって、前校長である和田教育長に直訴《じきそ》することにした。

「情報公開ですよ。地域の人にも協力してもらって全校の問題にする。生徒の一人も守れなくて何が地域の学校ですか！」

花子先生はすっかりはりきっている。今の状況が打破《だは》できそうな気配《けはい》を感じて、金八先生は賢《けん》に礼を言った。

「賢、ありがとう。そして先生方《がた》、いっしょに考えてくださってほんとにありがとうございます」

「だって先生、先生はいつも、人は一人じゃ生きられない、支《ささ》え合って生きるんだって言ってたじゃないですか」

賢の答えをきいて、金八先生の胸は熱くなった。

「よかったな、賢、すばらしい先生方に出会えて。あとは青嵐《せいらん》のサクラ咲けば、中学時代の何よりの思い出となる」

清史《きよふみ》は息子の頭をこつんと小さく叩《たた》いた。


それからは忙しかった。賢や同僚たちの熱い思いに勇気づけられ、金八先生は腹《はら》をくくることにした。これ以上嘘《うそ》をかさねることは実際不可能だったし、直《なお》の体を張った抗議を無駄にせず、政則《まさのり》が再び学校へ復帰するためには、清史の言う先制攻撃、つまり正面突破しかないように思われた。

「明日のホームルームで、三Bのみんなに提案するつもりだ。けれどみんなの協力を得るには、みんなの前で君の口から真相を語ってもらいたいんだ」

「ほっとスクール風」で金八先生がそう切り出したとき、政則は蒼《あお》ざめ、服部《はっとり》先生でさえ、ううむ、とうなった。

「この子は何も悪いことをしていません。しかし、これからの人生を堂々と生きて行くためには、お姉さんのこと、成迫《なるさこ》先生のことを語って、実は政則こそ真の被害者であり、その被害者を袋叩《だた》きにした連中と戦うためには、もう人目《ひとめ》を気にして逃げ隠れはしないという政則の言葉と姿勢《しせい》が大事なんです。そしてお姉さんのような痛ましい性犯罪の被害者を出さないこと。わかるだろ、政則《まさのり》」

「はい……」

金八先生の言葉をじっと聞いていた政則は、かぼそい声ではあったがはっきりと答えた。

「みんなに真相を知ってもらう。それはお願いだけなんかじゃない、お父さんやお姉さんについて、あることないこと書き立てた相手を、一歩踏み込んで名誉毀損《きそん》で訴えようよ」

「ついでに賠償《ばいしょう》金も勝ちとる。相手方《がた》だって経済的に痛めば、売れればいいとデタラメ書くのをビビるんじゃないの」

池内先生も景気よく政則を励《はげ》ました。池内先生はなんとしても慰謝《いしゃ》料をとりあげ、政則を全日制の高校へ入れたいという。驚いて口ごもる政則に、池内先生が微笑《びしょう》する。

「まだ二次募集があるじゃない？　そして、大学にも行って、亡くなったお姉さんやお父さんに安心してもらえる将来を切りひらいてほしいの」

姉のことを言われて、政則はうつむいた。金八先生と池内先生にはさまれて政則が帰って来ると、玄関の明りの前に五つの長い影が見えた。待っていたのは繭子《まゆこ》、哲郎《てつろう》、一寿《かずとし》、儀《ただし》、信太《のぶた》だ。政則の姿を認めるやいなや、哲郎がパッと駆け寄ってきて抱きついた。哲郎に抱きつかれたまま立ちつくす政則を、残りの四人は無言のまま励ましの笑《え》みを浮かべて見守っている。政則の頬《ほお》にようやく血の気がさしてきた。

教育委員会へは国井教頭と乾《いぬい》先生が出向いて、できたてのガイドラインを和田教育長に提出した。

一つ、学内での成迫《なるさこ》政則に関する取材は、前もって電話で申し込み、了解をとること。
一つ、校門前での撮影、張り込みは一般生徒に心理的威圧《いあつ》感を与える恐れがあります。
一つ、通学路など路上における一般生徒への取材は、メディアとは何であるかを生徒たちが誤った認識を持つ可能性があると思われます。

報道の自由を制限すると言われるのではないかと懸念《けねん》する和田教育長に、すっかり子煩《こぼん》悩《のう》になっている乾先生がきっぱりと言った。

「このくらい注文つけておいてちょうどいいのではないでしょうか。子どもを体ごと守るのは親、そして教師と周囲の大人たちの務《つと》めです。ですから成迫だけではない、本校の生徒全部を守る。それがひいてはメディアとの良い関係を生み、国民の知る権利の確立にもつながる。少し硬《かた》いかも知れませんが、私はそう考えました」

乾先生たちの熱意を知り、和田教育長は千田校長の説得《せっとく》を約束した。

翌朝、学校へ行く前に金八先生は直《なお》のところへ寄った。直は顔を見せず、成美《なるみ》にもう少しそっとしておいてほしいと頼まれると、金八先生もそれ以上強くはいえなかった。

「そうですか……では、待っているからと伝えてください。今日、成迫政則《なるさこまさのり》は勇気を持って登校し、みんなに理解を求めます。だから、直さんにも勇気を持ってみんなの理解をかちとってほしい。私はそのための準備と勉強をしますので、どうかよろしくお願いします。性同一性障害《せいどういつせいしょうがい》など、わかってはくれないなんて決めつけないようにと」

「はい……」

成美は頭を下げ、直もまたドアの向こうで金八先生の言葉に耳を傾けていた。

ホームルームの行なわれる三Bの教室には、遠藤先生、本田先生、国井教頭なども同席した。緊張している政則の横に立ち、金八先生は教室を見渡した。

「今日、ここに鶴本直《つるもと》の姿がないのが残念でなりません。理由はこの前、充宏《みつひろ》たちとの言い争いでとび出していった政則を私がかばった時、それ以上追求すれば先生は嘘《うそ》をつく、と直から鋭く私の浅はかさを指摘されました。その通りです。政則は大きな事故を目撃した結果、そのトラウマに悩まされていると、私は嘘をつきました」

「先生！　政則には悪いけど、あの週刊誌の記事は本当のことなの？」

美由紀《みゆき》がまっすぐに質問を投げかけてきた。

「いや、全部が事実ではありません。それはこれから政則が自分の言葉で話してくれるけれど、私が政則をかばうあまりについてしまった嘘が、かえって政則を縛《しば》ったことになったかも知れない。それが鶴本直を思ってもいなかった形でカミングアウトさせ、クラスを混乱におとしいれたと思うと、まず私はみんなに謝《あやま》ります。本当にごめんなさい。そして政則の話を真剣に聞いてください。何が真実か、何がつくり話か、何が人を人たらしめるのか。いいですね」

緊張のあまり唇《くちびる》の乾《かわ》きをなめる政則を、全員が凝視《ぎようし》している。突然、哲郎《てつろう》が立ち上がって不器用《ぶきよう》に政則に呼びかけた。

「ファイア」

「そうだよ、ファイトだ、政則」

「がんばれ」

後ろの席から儀《ただし》や賢《けん》の応援が飛ぶ。

「何があったとしても、おれたち仲間だからな」

そう言いながら、一寿《かずとし》はじろりと充宏《みつひろ》をにらみつけた。

「静かに！　話は冷静に聞くのが政則《まさのり》への礼儀でしょ」

陽子が言って、政則はやっと口を開いた。

「ありがとう。本当は何から話をしていいか。まず充宏に正直に答えます。僕の父はいま服役中《ふくえきちゅう》です。理由は……昔の教え子を殺したから」

女子の数人が悲鳴を押し殺し、教室に動揺がはしる。政則はそれを敏感に感じとりながらも、一歩一歩話していった。

「僕が時どきバランスを崩《くず》すトラウマは、その時、僕がすべてを見てしまったからです」

充宏が息をつめて政則を見つめている。

「父がやってしまったことを、みんなに弁解しようとは思わない。けど、なぜ、あの父がとんでもないことをしてしまったか、それだけはわかってほしい。そしてできれば協力してほしい。それは……姉を殺した上に嘘《うそ》をつきまくっている連中に、はっきりと責任を取らせることです。姉は週刊誌に書きたてられるような非行生徒ではない。父が殺してしまった友田さんは、非行にひきずり込んだ奴らに脅《おど》されて姉をおびき出し、暴行の手助けをした上、あのままでは死ぬのがわかっているのに雨の中に置き去りにした。姉は死ぬ前、絶対に父や僕の名前を呼んで助けを求めたにちがいないと思うと、僕は……」

政則は声をつまらせた。直美《なおみ》が顔を覆《おお》い、恭子《きょうこ》は机に突っ伏《ぷ》してしまった。涙をすすりあげる声が、よけいに教室の静けさを際立《きわだ》たせた。

「……正直言って、姉の遺体はひどかったよ」

「政則、もういいよ！」

里佳《りか》が目に涙をいっぱいにたたえて叫んだ。

「だめ、一生懸命話してくれてるんだもの、私たちも一生懸命聞かなくちゃ」

美紀《みき》が言って、政則は一度深呼吸《しんこきゅう》をすると、話を続けた。

「もちろん、警察は動いてくれた。けど、押しかけて来たマスコミに、僕たちの神経はズタズタにされた。父は教え子を殺そうとしたんじゃない。何としても姉にひどいことをした連中の名前を聞き出そうとしただけだ。けど、彼は姉への謝罪より、仲間の復讐《ふくしゅう》の方がこわかった。それで、問いつめた父へナイフを向けた。それを奪い合ううちに刺《さ》してしまったことは、僕がこの目で見ている……」

ぎゅっと目をとじる政則を、一同は祈るように見守っている。

「……それだけで、後は書かれっぱなしだった。けれどまた、安岡という奴に、少年院帰りで差別されていると同情を買うようなことを言わせ、あることないことしゃべらせている週刊誌に対して、僕はあの時の、父と同じくらいの憎しみを感じている。僕は許さないし、負けたくない。あとは何でも聞いてほしい。正直に答えます」

「先生！」

打ちのめされたような静寂《せいじゃく》の中、手をあげたのは悦史《えつし》だった。

「政則は協力してくれと言ったよね。僕たちは何を協力したらいいんだ？」

金八先生が答える前に、政則自身が言った。

「僕はこの桜中学を卒業したいと思っている。先生は僕のために嘘《うそ》をついてくれたけど、転校生はどこへ行っても興味津々《きょうみしんしん》だからね、思ってもみないところからあの時のことが噂《うわさ》になり、それも全部週刊誌ネタで、ここへ来るまでに二度も転校している」

「ひどい！」

思わずあかねが充宏《みつひろ》を見た。充宏は今や石のように沈黙している。

「けど、桜中学では友だちもできた。仲間にしてもらえた。だから、また今度も負け犬のようにここを追われるのはいやなんだ」

「どこへも行くことあらへん、ここをいっしょに卒業するんや！」

間髪《かんはつ》をいれず信太《のぶた》が言った。

「そのためには、僕たちは何をするかだ」

腕組みの平八郎がうなる。

「何ができるか、それはみんなで考えてください。ちなみに、政則は賢《けん》のお父さんの協力で、名誉毀損《きそん》の訴えを起こします。裁判は長くかかると言われるけれど、どうかそれまで、政則を支えてほしい。〝踏まれた草にも花は咲く〟。まさにこれまで政則は、泥靴《どろぐつ》でふみにじられた、か弱い草でした。けど、今はちがう。人間としての誇りにかけて、みんなでみごとな花を咲かせたいと、私は思います。政則の花、三年B組の花を」

まっすぐに見つめる五十六の真剣なまなざしに、金八先生はしっかりとうなずき返し、それからあの包《つつ》みこむような微笑《びしょう》を浮かべた。

あとがき

今回のシリーズ〈パートⅥ〉は、二人の転校生が桜中学の坂本学級に編入されることから始まりました。

しかし三Bになかなか溶《と》け込めない二人には、それぞれ秘密があり、その秘密がしだいに、クラスにも、またテレビを見ている人にも分かってもらえるようにと筆をすすめてきました。

その一人、成迫政則《なるさこまさのり》は、過剰《かじょう》報道の被害者です。過剰報道とは何か？　あることないことを興味本位《ほんい》に書きたてる、売らんかなの雑誌が存在することは確かで、被害をこうむった人の話を聞くと、そのひどさに怒りを覚えます。

これに対抗するには、泣き寝入りはしないという毅然《きぜん》とした姿勢で、法に訴《うった》えるという方法があります。

けれど一方、私たちには、「表現の自由」というかけがえのない権利と、そして民主政治には欠かせない「知る権利」があるのです。

この矛盾《むじゅん》は、一人ひとりの良識によって解決されるほかないのですが、そこでまた良識とは何か？　となり、私が今、若い人たちに言えるのは、本をたくさん読みましょうということです。その中には、生涯《しょうがい》忘れることのできない本との出会いがあり、あまりくだらないものには呆《あき》れたらいいのだと思います。

ギリシャ彫刻に見るように、ヌードとは人体の機能と美しさを現したものなのに、あまりにあられもないヌードは、こちらの品性まで卑《いや》しめられる思いがします。

ただ一市民の憤慨《ふんがい》とは別に、今、メディアに対する法規制の問題が論じられています。今から半世紀以上も前の日本、とくに戦争の時代には、本や雑誌、ラジオ、映画などすべての表現物は、政府（内閣情報局）と軍（陸海軍報道部）の検閲《けんえつ》を受け、その許可を得なければおおやけにすることはできませんでした。そうした暗黒の時代を知る私は、両者の行きすぎによって、行政指導など再び公的な規制が生じることを恐れます。

このように報道も、そして食糧や環境の問題も、ウカウカと過ごしてはならない時代を迎えています。でも決してむずかしいことではありません。多くの人に読まれている『世界がもし一〇〇人の村だったら』という本に照らし合わせてみたら、誰もがとても身近なものとして考えられるでしょう。

政則《まさのり》の抱《かか》える問題を、隣人として、あるいはもし自分だったらと考え、鶴本直《つるもとなお》のことも、決して特別な人ではないんだと考えていただければ幸いです。

テレビ脚本は、多くの励《はげ》ましに力を得《え》、厳《きび》しいご指摘に反省しながら最終回に向かっていますが、人間いくつになっても本当に勉強することが多いと感じる今シリーズでした。

二〇〇二年　三月

小山内　美江子

3年B組 金八先生 スタッフ＝キャスト

◆スタッフ

原作・脚本	小山内美江子
音楽	城之内 ミサ
プロデューサー	柳井 満
演出	福澤 克雄 三城 真一 加藤 新 生野 慈朗

主題歌「まっすぐの唄」：作詞・武田鉄矢／作曲・中牟田俊男／編曲・原田末秋／唄・海援隊

制作著作	ＴＢＳ

◆キャスト

坂本 金八	武田 鉄矢	大森巡査	鈴木 正幸
〃 乙女	星野 真里	安井病院長	柴 俊夫
〃 幸作	佐野 泰臣	和田教育長	長谷川哲夫
千田校長	木場 勝己	道政 利行	山本 正義
国井美代子（教頭）	茅島 成美	〃 明子	大川 明子
乾 友彦（数学）	森田 順平	鶴本 成美	りりィ
北 尚明（社会）	金田 明夫	信太 浩造	松澤 一之
遠藤 達也（理科）	山崎銀之丞	町代	金 久美子
小田切 誠（英語）	深江 卓次	妙子	ひがし由貴
渡辺 花子（家庭）	小西 美帆	エリカ	中村侑希子
本田 知美（養護）	高畑 淳子	立石 良明	利重 剛
小林 昌義（数学）	黒川 恭佑	倉田 正子	伊藤麻里也
ジュリア(AET)	サリマタ・ビビ・バ	安井ちはる(元３Ｂ)	岡 あゆみ
池内 友子	吉行 和子	兼末健次郎(元３Ｂ)	風間 俊介

◆放送

ＴＢＳテレビ系　2002年１月10日、17日、24日、31日、
２月７日、14日、21日、28日（21時～21時54分）

●高文研ホームページ・アドレス
http://www.koubunken.co.jp
●ＴＢＳ・金八先生ホームページ・アドレス
http://www.tbs.co.jp/kinpachi

3年B組
金八先生
砕け散る秘密

◆2002年３月10日――――――――第１刷発行

著者／小山内美江子《おさないみえこ》

出版コーディネート／ＴＢＳ事業局メディア事業センター
カバー・本文写真／ＴＢＳ提供
装丁／商業デザインセンター・松田礼一

発行所／株式会社 **高文研**
〒101-0064 東京都千代田区猿楽町2-1-8
☎03-3295-3415 Fax 03-3295-3417
振替 00160-6-18956

組版／高文研電算室
印刷・製本／三省堂印刷株式会社